AF191651

Originalausgabe

Buddhistische

Kurzgeschichten

Inhaltsverzeichnis

Eva	S.9
Alex	S.20
Amira	S.33
Achmed und Johnny	S.42
Falko	S.54
Gudrun	S.70
Marie	S.90
Jasmin	S.107

Eva

Die Geräte piepten und die Nadeln, an denen die Schläuche hingen, störten sie noch immer. Eva schwang ihr Bein aus dem Bett. Für einen Moment konnte man ihren sexy Slip sehen, aber das war egal, mit dem kahlen Kopf guckte sie sowieso kein Mann an. Dann schnappte sie sich ihren Tropf und schlürfte hinaus auf den Gang.

Draußen war es dunkel. Es musste kurz nach Mitternacht sein. Im Flur war nur die Nachtbeleuchtung an. Erst nach einigen Schritten registrierten sie die Bewegungsmelder und das Licht schaltete sich ein. Die Schwester kam kurz mit dem Bürostuhl aus dem Schwesternzimmer gerollt, schenkte ihr ein müdes Lächeln, als sie sie sah und verschwand wieder. Ihre Beine waren schwach vom Morphium. Aber es half, den Schmerz zu unterdrücken. Sie ging bis zur großen Tür, die aus der Station führte und drückte den großen Knopf, damit sich die Tür öffnete.

Langsam schob sie ihren Tropf durch die Gänge. Sie wollte zur Terrasse hinter der Cafeteria. Zwar gab es nachts nichts zum Kaufen, aber die Terrasse stand trotzdem offen. Es wirkte gespenstisch, als sie die kleine Halle des Cafés betrat. Das Gitter an der Verkaufstheke war heruntergelassen und lange Schatten flogen durch den Raum.

Der Wind blies kühl, aber nicht eisig. Dennoch bereute sie, dass sie quasi halbnackt mit ihrem dünnen Krankenhauskittel hergekommen war. Aber zu verlieren hatte sie sowieso nichts mehr. Der Tod fraß sich in ihren Kopf. Mehr als ein paar Wochen oder Monate hatte sie nicht mehr zu erwarten und dass die Chemo diesmal half, daran glaubte sie schon lange nicht mehr.

Dennoch hatte sie sich auf die Behandlung eingelassen, weil Peter es so gewollt hatte. Sie machte immer alles, was die Leute wollten. Das war ihr Wesenszug. Kalt fegte eine Böe unter ihr Outfit und ließ sie zittern. Der kleine Schmerz der kalten Luft fühlte sich lebendig an. Dieses Gefühl vermisste sie am meisten. Der Krebs hatte sie noch nicht aufgefressen, aber die Menschen behandelten sie schon wie eine Tote. Hier im Krankenhaus war es zwar einigermaßen erträglich. Denn die Schwestern waren sensibilisiert. Aber sobald sie auf die Straße ging, konnte sie es in den Augen der Menschen lesen. Sie sahen ihre bleiche Haut und die fehlenden Augenbrauen und dann entstand dieser Todesblick in den Augen.

Schlimmer war es zuhause. Seitdem ihre Eltern es wussten, war alles anders geworden. Ihre Mutter behandelte sie wie ein rohes Ei und ihr Vater war so verunsichert, dass er wie paralysiert war, sobald er sie sah. Auch ihre beiden Brüder konnten nicht damit umgehen, dass sie bald ihre kleine Schwester verlieren würden. Nur ihre beiden Nichten hatten sich irgendwie cool verhalten.

Das schlimmste war, dass das Gefühl ansteckte. Die ersten Wochen hatte sie ihre Diagnose verschwiegen. Wie sie heute wusste, war das gut gewesen und manchmal wünschte sie, sie hätte ihre schwere Last weiterhin geheim gehalten. Solange sie damit allein klarkommen musste, ging es irgendwie. Aber dann hatte sie alle zum Essen eingeladen und es ihnen mitgeteilt. Der Ausdruck in den Augen ihrer Familie hatte sie bis in den Schlaf verfolgt und seitdem war alles anders. Die Zeit der Unbeschwertheit war vorbei. Dabei war es das, was sie am dringendsten brauchte: eine Pause vom Kranksein.

Eine Böe krabbelte unter ihr dünnes Krankenhauskleid. Sie lächelte. Mehr als den Tod konnte sie sich nicht holen und der klopfte sowieso schon an ihre Tür. Wie als ob sie danach gerufen hatte, ging ein Schmerzimpuls durch ihren Körper. Sie biss die Zähne zusammen. Denn er würde vorbeigehen wie alles andere und im Notfall gab es noch den Knopf für die Schmerzmittel.

Aber jetzt nicht dachte sie, denn sie wollte die Nacht mit ungetrübtem Bewusstsein erleben. Das Kratzen der Tür hinter sich, riss ihre Aufmerksamkeit von den Sternen weg. "N'Abend", war die knappe Begrüßung des Hausmeisters. Mehr sagte er nicht, zündete sich seine Kippe an und sog intensiv den Rauch ein. Mit Genuss ließ er den Qualm in die Nacht steigen. Sie hatte ihn bei ihren zahlreichen Besuchen schon mehrmals gesehen. Er war zwar wortkarg, aber kein schlechter Kerl. Dennoch war die Stimmung kaputt und sie schlürfte zurück in ihr Krankenzimmer.

"Guten Morgen Frau Behrendt", die junge Schwester zog die Gardinen auf. Das Licht blendete sie und die Müdigkeit steckte in ihren Knochen. Doch die Schwestern waren gnadenlos. Wenn es Frühstück gab, war es Zeit aufzustehen. Sie wollten nicht, dass ihre Patienten ihren Tagesrhythmus verlören, nicht einmal die Todgeweihten.

Vor ihr lag ein ruhiger Krankenhaustag. Einzig eine neue Therapeutin hatte sich angekündigt. An sich war sie kein großer Freund von Psychologen. Aber ansonsten gab es kaum Abwechslung im Krankenhaus und ein paar Fragen über ihre Gefühle würde sie schon überstehen.

Das Essen im Krankenhaus war besser als sein Ruf. Regelmäßig kamen die Leute aus der Küche und fragten, ob sie zufrieden war. Besonders freute sie sich, wenn die kleine Huong das Essen brachte. Immerzu lächelte sie. Heute war es leider nur die alte Monika gewesen. Sie war definitiv nett, aber Huongs Strahlen war einfach besser.

Kaum dass sie aufgegessen hatte, kam die Schwester, um sie an ihren Termin bei der neuen Therapeutin zu erinnern. Sie lächelte. Das Buch, welches sie gerade las, hielt nicht, was der Klappentext versprochen hatte und sie war dankbar für jede Abwechslung vom tristen Krankenhausalltag.

Die Müdigkeit steckte noch in ihren Knochen, als sie durch den Gang schlürfte. Der Termin sollte in der obersten Etage stattfinden. Einige Mal war sie schon da gewesen. Dort gab es keine Krankenzimmer, aber es war wunderschön. Das Dach war verglast und bei Sonnenschein strahlte es herrlich. Heute war es zwar bewölkt. Dennoch wäre es die Aussicht wert. Als sie oben ankam, klopfte sie vorsichtig an die Tür. "Herein!", rief eine freundliche Stimme.

Sie drückte die Klinke runter. Der Raum war eine kleine Sporthalle. Auf dem Boden lagen Gummimatten und an den Wänden gab es die Klettergerüste, die es auch damals in der Sporthalle in der Schule gegeben hatte. Sie erblickte ein paar große Gummibälle und hoffte, dass sie sich nicht über diese Dinger rollen müsste. Denn Sport war nie ihre Leidenschaft gewesen. Seit ihrer Schulzeit war sie zum Glück davon verschont geblieben.

"Hi", lachte die Therapeutin, "ich bin Sophie. Schön, dass du da bist. Komm sieh dich erst einmal um und dann setz dich zu mir."

Sie fühlte sich überfahren. Die sonnige Natur dieser Frau war unübersehbar. Diese Überfreundlichen waren ihr immer suspekt gewesen. Sie verstand nicht, wie ein Mensch in dieser Welt dauerhaft happy sein konnte. Um höflich zu sein, lief sie einmal quer durch den Raum. Das Licht flutete die kleine

Sporthalle und zauberte kleine Schatten, die über den Boden tanzten.

Kurz blieb sie bei einer Wolke hängen, die am Himmel trieb, dann riss sie sich los und drehte sich um. Sophie saß auf dem Boden und lächelte sie an. Im Sonnenlicht, das durch die Deckenfenster auf die rosa Matten fiel, wirkte sie wie ein kleiner Engel. Kurzerhand schob sie ihren Tropf zu ihr. Sophie stand auf und sie hängten den Tropf tiefer, damit sie sich hinsetzen konnte.

Ein langer Moment entstand. Die Stille war merkwürdig. Sie machte sich bereit für den therapeutischen Fragenhagel. Doch Sophie lächelte sie einfach freundlich an. Statt dem üblichen Unbehagen, dass entstand, wenn keiner etwas sagte, fühlte es sich ganz natürlich an. Sophie lächelte einfach und ihr Lächeln war ansteckend.

"Schön, dass du da bist Eva", durchbrach sie nach ein paar Minuten sanft die Stille, "ich hoffe, du hast Lust auf eine kleine Körperreise."

Körperreise hallte es in ihrem Kopf. Das Wort verwirrte sie. Zudem war sie irritiert, dass Sophie keine Fragen stellte. In den letzten Monaten hatte sie gleich mehrere Therapeuten kennengelernt. Jeder hatte mit einem Schwall von Fragen begonnen. Manche hatten sie geschickt in ein freundliches Gespräch eingeflochten, aber die meisten hatten sie einfach runtergerattert ohne Rücksicht auf ihr Befinden.

"Was ist eine Körperreise?", fragte sie zaghaft interessiert.

Sophie zog ihre Mundwinkel hoch und lächelte noch mehr. Das überraschendste war das Natürliche an dem Lächeln. Es wirkte weder gequält noch aufgesetzt. Es war ganz natürlich und hüllte sie komplett ein. Zudem funkelte gerade durchs Fenster ein Sonnenstrahl und traf Sophie.

"Am besten wir probieren es einfach. Viel darüber reden ist doch langweilig."

Sophies Augen funkelten wie der Regenbogen. Die offene Weite in ihren grünen Augen wirkte wie zwei offene Arme, die bereit waren, sie in die Arme zu nehmen. Sie ließ sich anstecken und lächelte zurück. Nach einer knappen Antwort bat sie Sophie, sich auszustrecken und sich flach mit dem Rücken auf die rosa Matten zu legen.

Normalerweise stand sie nicht auf so was. Das einzig Gute an Therapeuten war die Abwechslung vom langweiligen Alltag des Krankenhauses. Die meisten Übungen, die sie ihr anboten, lehnte sie regelmäßig ab. Doch gegen Sophie wollte sie sich zu ihrer eigenen Überraschung nicht wehren. Ihr ganzes Wesen überzeugte sie davon, dass sie ihr Vertrauen konnte.

Zuerst schob sie den Ständer mit dem Tropf zu ihr rüber und arrangierte das Kabel so, dass es zum Liegen passte. Dann streckte sie die Beine aus. Ihre nackten Beine zu sehen, schockierte sie für einen Moment. Sie waren käseweiß. Voll Scham blinzelte sie Sophie an. Ihr Lächeln strahlte noch immer ungebrochen. Also schluckte sie ihre Scham runter, stützte sich mit den Armen ab und ließ sich langsam nach hinten auf die Matte gleiten.

Im gleichen Augenblick als ihr Körper lang auf dem Boden lag, atmete sie unbewusst ein und aus, als ob eine schwere Last von ihr abfallen würde. Es entspannte sie. Auch die rosa Matten fühlten sich besser an, als sie erwartet hatte. Ein Blick zu ihrem Tropf verriet ihr, dass alles lief und sie sich keine Sorgen machen musste.

"Liegst du bequem?", fragte Sophie und riss sie wieder aus ihren Gedanken. "Ja, alles ist bestens", war ihre knappe

Antwort. Komischerweise stimmte es. Alles fühlte sich richtig an. Vor allem wegen Sophies Stimme entspannte sie sich. Sie wusste nicht genau, was es war, aber etwas darin gab ihr das Gefühl, gut aufgehoben zu sein.

Ein Geräusch riss sie erneut aus ihren Gedanken. Sie wusste nicht, was es verursachte. Also hob sie leicht ihren Kopf, um nachzusehen, was es war. Die Therapeutin hatte eine Klangschale vor sich auf ein kleines Kissen gestellt. Mit einem Schlegel strich sie über den Rand und ließ die Luft vibrieren. Es waberte sanft in der Luft und trug sie für einen Moment weit davon.

Sophie strich sanft die Schale entlang. Obwohl nur einige Sekunden vergangen sein durften, bevor sie das erste Worte sagte, kamen ihr diese paar Augenblicke wie eine zärtliche Ewigkeit vor. Für den Bruchteil eines Augenblicks war ein Bild aus ihrer Vergangenheit aufgetaucht, als sie zusammen Familienurlaub auf ihrem Bungalow im Norden gemacht hatten.

"Atme langsam ein und konzentriere dich voll auf deinen Atem", Sophies Stimme war glasklar, doch sie sprach langsamer und mit mehr Bass als zuvor. Die Klangschale webte in ihrem Geist und gab ihr den Antrieb, ganz Sophies Anweisungen zu folgen. Langsam sog sie die Luft durch ihre Nase und füllte ihre Lungen. Als ihr dann Sophie sagte, dass sie jetzt ganz langsam ausatmen sollte, folgte ihr Bauch ganz instinktiv und ließ die Luft zurück in den Äther fliegen. Mehrere Male wiederholten sie diese Übung. Es fühlte sich gut an, obwohl sie nichts anderes tat, als zu atmen. Doch jedes Mal wenn die Luft ihren Bauch verließ, blieb ein angenehm befreites Gefühl zurück, welches sich langsam in ihrem Körper ausbreitete. Gerade hatte sie das achte Mal ausgeatmet und fühlte, dass das Gefühl der Entspannung weiter zunahm.

"Lass uns jetzt in die Betrachtung des Körpers übergehen." Sophies Aussage irritierte sie. Kaum dass sie sich auf das Gefühl eingelassen hatte, sollte sie es wieder gehen lassen. Dazu war sie nicht bereit, denn es fühlte sich zu gut an. Aber scheinbar hatte sie keine Wahl, denn Sophie ging über in die besagte Körperreise.

"Wir fangen bei unseren Füßen an. Konzentriere dich ganz auf das Gefühl in deinem rechten großen Zeh." Sophies Stimme schwang hell und glasklar. Zugleich hatte sie mit dem Schlegel der Klangschale einen neuen Impuls gegeben. Trotz des anfänglichen Widerstands sich von dem Fokus auf ihren Atem zu lösen, folgte sie Sophies Stimme zu dem Gefühl in ihrem großen Zeh. Es war merkwürdig. Sie kannte ihre Zehen und trotzdem fühlte es sich lustig an. Als Sophie ihr sagte, dass sie ihn ganz genau spüren sollte, prickelte es, als ob er ihr Hallo sagen wollte. Nach dem Großen sollte sie sich auf die anderen Zehen konzentrieren und danach ging Sophie die einzelnen Teile ihres Fußes durch, angefangen beim Ballen über Sohle und Ferse, bis hin zum Spann. Mit ihrem Bewusstsein folgte sie Sophies Stimme.

Obwohl es ihr Fuß war und sie ihn ganz genau kannte, war es trotzdem anders. Es hatte etwas von dem Abenteuer einer Entdeckungsreise. Ihre Augen waren geschlossen und außer der Klangschale und Sophies Stimme war da nur ihr Gefühl. Doch das schien plötzlich größer zu sein als gewöhnlich. Es war nur ihr großer Zeh gewesen, doch desto mehr sie sich auf ihn fokussierte, desto größer wirkte er. Dieses Gefühl hatte sich im Rest ihres rechten Fußes fortgesetzt. Sophie hatte sie dann zu ihrem linken großen Zeh geführt und wieder war es so, als ob sie ihn zum ersten Mal wirklich bewusst wahrgenommen hatte.

Langsam führte sie Sophie ihre beiden Beine hoch bis zu ihrem Becken. Besonders im Schambereich prickelte es, aber kurz kam auch die alte Scham wieder auf. Denn seit ihrem letzten Freund waren fast zwei Jahre her und selbst auf den Plattformen wie Tinder bekam sie kaum Matches, weil ihre Krankheit sie einfach zu sehr gezeichnet hatte.

Nach mehreren Zwischenstufen kamen sie bei ihrem Kopf an, in dem auch der Tumor saß und sie nach und nach auffraß. Sie wusste nicht, wie viel Sophie über ihre Krankheit wusste. Sie ließ sich nichts anmerken und machte achtsam weiter. Zuerst konzentrierten sie sich auf ihre beiden Augen, die Nase und den Mund. Dann kamen die Ohren, Wangen, Stirn und Haare dran. Zum Schluss wendeten sie sich dem Inneren ihres Kopfes zu.

Als Sophie sie bat, das Gehirn achtsam zu betrachten, verkrampfte sie. Plötzlich begannen ihre Füße zu zittern. Sie fühlte sich hilflos. Doch auf einmal war da eine warme Hand, die sanft ihre Füße massierte. Die Starre löste sich und sie atmete mehrmals hektisch ein und aus.

"Konzentrieren wir uns noch einmal ganz bewusst auf unseren Atem, bevor wir uns wieder auf unseren Körper konzentrieren. Atme langsam und tief durch Eva!"

Sophies Stimme wirkte wie sanfter Balsam. In den letzten Augenblicken war sie zu einem fliegenden Klangteppich geworden, der sie durch das unbekannte Land ihres eigenen Körpers getragen hatte. Also folgte sie ihr zurück zu dem Gefühl an ihrer Nasenspitze, durch das ihre Atemluft strömte. Fünfmal folgte sie konzentriert den Anweisungen Sophies, ein und auszuatmen; endlich stellte sich das tiefe, entspannte Gefühl wieder ein, mit welchem sie in die Körpermeditation gestartet waren. Noch weitere fünfmal ließ sie Sophie ganz bewusst ein und ausatmen. Dann kehrte sie zurück zu ihrer Übung:

"Ok. Lenken wir unsere Aufmerksamkeit weg von unserem Atem und werden wir uns unseres Kopfes ganz bewusst. Spüre ihn in seinem gesamten Umfang."

Sie nahm Sophies Worte an und versuchte ganz bewusst, ihren Kopf zu spüren. Sie nahm die Härte des Knochens wahr, der auf der Matte lag, sie spürte die glibbrige Spucke in ihrem Mund und das weiche Fleisch ihrer Wangen und ihres Gaumens. Sie tastete mit ihrem Sinn ihre Nasenhöhle entlang und dann spürte sie wieder die Blockade.

Der Atem kam ihr zu Hilfe. Es war, als ob er sich sanft um ihr Angstgefühl legte und sie stärkte. Also traute sie sich und ging einen Schritt weiter. Da war es, der Ort, vor dem sie seit Monaten immer mehr Angst bekam, weil er drohte sie und ihr ganzes Leben aufzufressen.Was sie spürte, war nicht viel. Die Angst war das Intensivste. Aber zum ersten Mal seit einer gefühlten Ewigkeit schien sie kleiner zu werden.

Dann öffnete sich eine Art Höhle. Sie sah sie nicht. Denn ihre Augen waren geschlossen, doch sie spürte, dass sie da war. Es war eine Mischung aus etwas hartem, das begrenzte und einer dunklen Leere, die wie ein nackter Hohlraum war. Das überraschende war, dass es sich angenehm anfühlte. Sie ließ sich weiter treiben und spürte plötzlich, wie es da war, ohne es direkt fühlen zu können. Sie verharrte in dieser Wahrnehmung.

Sie blieb einfach still und spürte ihr Gehirn. In den letzten Monaten hatte ihr Kopf oft höllisch gebrannt. Nur mithilfe der Schmerzmittel hatte sie die Schübe überstanden. Auch heute morgen war es unerträglich gewesen. Doch jetzt dieses stille Gewahrsein zu erleben, eröffnete eine neue Perspektive und es sorgte dafür, dass sich unterschwellig etwas beruhigte.

Diese nervöse, angespannte Energie begleitete sie seit dem Tag der Diagnose. Sie war immer da und hatte sich wie ein Schleier über ihr gesamtes Wesen gelegt. Während sie jetzt weiter bewusst in die Höhle ihre Kopfes vordrang, spürte sie den Schleier ganz bewusst. Sie spürte ihn so klar wie kein einziges Mal zuvor. Er bestand aus Angst und dem Gefühl der Einsamkeit. Doch so bewusst, wie sie ihn jetzt sah, erkannte sie auch, dass die alte Eva immer noch da war. Sie hatte keine Angst gehabt und war vor dem Krebs und dem letzten Typen, der sie als emotionales Wrack zurückgelassen hatte, eine lebenslustige Person gewesen. Ja, sie spürte diese alte Eva und plötzlich tauchte das Bild auf, wie sie früher immer getanzt hatte. Es war nur eine Silhouette und doch musste sie lächeln.

"Es ist Zeit zum Atem zurückzukehren", Sophies Stimme war einfühlsam und gab ihr die Kraft, sich sanft von dem Bild und dem Gewahrsein ihres Kopfes zu lösen. Sie lenkte ihr Bewusstsein zurück zu ihrem Atem. Sophie leitete sie an und sie blies gefühlvoll die Luft durch ihre Nase aus und ließ zu, dass sich danach ihr Bauch ganz von allein wieder füllte. Zehnmal leitete sie Sophie an, ein und auszuatmen. Dann schwieg sie.

Alles was blieb, war die Klangschale. Sophie beendete ihre Sitzung nicht. Sie spürte, dass es keine Grenze gab und sie sich einfach nochmal entspannen konnte. Sie hielt ihre Augen geschlossen und versuchte sich erneut zu spüren. Zu ihrer Überraschung war das befreite Gefühl noch da. Der Schleier der Angst war zwar auch da, aber er lag nicht mehr wie eine Würgeschlange um ihren Wesenskern gewickelt. Spontan musste sie lächeln und als sie endlich die Augen öffnete, ihren Kopf leicht hob, traf sich ihr Lächeln mit den strahlenden Augen Sophies.

Alex

Das Brett zersprang in hundert Stücke. Ein größeres prallte hart gegen die Wand, ein zweites gegen die Brust eines der beiden, die es festgehalten hatten. Ein Siegesschrei entwich Alex Kehle. Wieder hatte er es allen gezeigt. Doch die Wut besänftigte es nicht.

Die letzten Nächte waren wieder schlimm gewesen. Vor allem die Kneipenschlägerei in der vorangegangenen Nacht hatte ihre Spuren hinterlassen. Am Ende hatte er gewonnen und es diesen Bastarden gezeigt. Mindestens dem Großen hatte er die Nase gebrochen. Niemand in der Gegend konnte sich mit ihm messen.

Er riss sich von seinen Gedanken los. Er bemerkte, dass sie ihn schon wieder so ansahen, als ob er ein Verrückter wäre. Aber was wussten sie schon von dem lodernden Feuer in seinem Herz. Wenn sie nur einen einzigen Tag in seinen Schuhen laufen müssten, würden sie genauso unter Dampf stehen.

Dabei hatte er schon alles probiert, um seine Wut unter Kontrolle zu bekommen. Sogar diesen Therapeuten hatte er ein paarmal besucht. Bis es geknallt hatte. Denn dieser Typ hatte sich rausgenommen, Sachen zu sagen, die einfach nicht gingen. Zum Glück konnte er sich stoppen und hatte ihm keine in die Fresse gehauen. Statt auf ihn drauf zu springen, wie es die Stimme in seinem Kopf befohlen hatte, hatte er nur eine Vase gegen die Wand geschmissen und die Tür zugeknallt und war rausgerannt. Nur die Stimme in seinem Kopf hatte weiter geflucht und schon zwei Kreuzungen später hatte er ein Opfer gefunden, an dem er seine Wut rauslassen konnte.

Diese innere Stimme quälte ihn seit seiner Pubertät. Eigentlich war er kein schlechter Mensch. Doch diese Stimme fluchte über alles und heizte ihm immerzu ein. Nichts passte ihr und jeder war sein Feind. Die Ausländer waren schuld, dass seine letzte Freundin fremdgegangen war und die Inländer waren Schuld, weil sie ihn ausgrenzten. Ja, sie fürchteten ihn. Weil er ein paarmal zugeschlagen hatten und dem einen Typen, der es verdient hatte, weil er ihn und seine Clique damals so angeguckt hatte, ein Messer in den Oberarm gejagt hatte. Vier Monate Jugendarrest hatte es dafür gegeben. Die hatte er abgesessen und abgesehen von dem halben Jahr auf Bewährung für eine Kneipenschlägerei, war er seitdem sauber geblieben.

Das Kampfsporttraining war zu seiner neuen Leidenschaft geworden. Es war das Einzige, wobei er sich so auspowern konnte, dass die Stimme für einen Moment schwieg. Der einzige Nachteil war, dass er dafür echt begabt war und seine Gegner auf der Straße noch weniger Chancen hatten. Auch heute hatte er wieder bewiesen, dass er unzerstörbar war, indem er endlich fünfzehn dicke Bretter mit seiner Faust durchschlagen hatte. Nichtmal der Trainer hatte das bisher geschafft. Morgen würde er mit einem Faustschlag versuchen acht Betonplatten zu durchschlagen. Dann wäre er sicher der härteste Typ im Viertel. Niemand könnte sich mehr mit ihm messen.

Lächelnd verließ er die Trainingshalle. Es war ein alter Bau, der tagsüber von einer Schule genutzt wurde. Es reichte ihm, denn es war der einzige Verein, den er sich leisten konnte. Seine Arbeit als Türsteher brachte nicht mehr so viel ein, seitdem er zwei Halbstarken beim Einlass die Nasen gebrochen hatte. Er nahm jetzt, was er kriegen konnte und überlebte irgendwie.

Er zückte die Schlüssel und setzte sich in sein kleines Cabrio. Es war nur ein alter Golf, aber seine ganze Liebe. Wie ein kleines Kätzchen schnurrte der Motor, als er den Zündschlüssel umdrehte. So beschissen die letzten Wochen gelaufen waren, seitdem Ines mit dem Typ vom Dönergrill gevögelt hatte, in dem Augenblick, wo dieser Motor summte, war alles wieder in Ordnung. Er drückte aufs Gaspedal und fuhr vom Parkplatz runter. Was er jetzt brauchte, waren ein paar gute elektronische Vibes aus der Anlage und eine Tour über die Autobahn.

Die Sonne ging gerade unter und er liebte es, ihr entgegen zu fahren. Also nahm er beim Kreisverkehr die Ausfahrt zur Autobahn. Kaum dass er eingebogen war, drückte er aufs Gaspedal. Den Laster, der hinter ihm angerast kam, sah er zu spät. Mit voller Wucht knallte er gegen seinen hinteren Kotflügel. Er spürte, wie sein Cabrio den Bodenkontakt verlor und von der Fahrbahn gedrückt wurde.

Der Laster drückte ihn zur Seite und er begann sich zu überschlagen. Das ganze Auto überschlug sich einmal und rollte über die Straße den Abhang runter. Auf der Seite kam es zum Stehen. Benommen fasste er sich an den Kopf. Eine rote Flüssigkeit klebte an seinen Fingern, als er sich die Hand ansah. Doch er spürte nichts von der Wunde, die vielen Jahre Kampfsport hatten ihn abgehärtet. Was er aber spürte, war die kochende Wut. Sein Cabrio war Schrott, weil der Typ aus dem LKW ihn von der Straße gefegt hatte.

Mit einem Klick löste er den Sicherheitsgurt. Um aus dem Auto zu kommen, musste er das Fenster runterkurbeln und rausklettern. Das Auto lag noch immer auf der Seite und er musste nach oben steigen, um rauszukommen. Mühsam quetsche er sich nach oben. Er spürte, wie seine Knochen schmerzten. Aber die feurige Wut überstrahlte alles. Er gab sich einen Ruck und schwang sich aus dem Fenster.

Erst jetzt sah er, wie zerbeult sein Auto war. Das war ein echter Totalschaden. Keine Werkstatt würde ihm das wieder reparieren können. Er fluchte innerlich. Dieses Auto war seine letzte Oase gewesen. Es war alles, was ihm geblieben war. Das einzig verlässliche in einer verdammt beschissenen Welt. Nun war es Schrott und jemand musste dafür die Verantwortung übernehmen.

„Bist du okay?", die Stimme kam von hinten. Erst jetzt bemerkte er, dass seine Sicht eingeschränkt war. An den Rändern seines Blickfeldes hatte alles schlierige Nebel. Er drehte sich um und sah einen fetten Kerl mit zerschlissenem Basecap. Als nächstes sah er zurück auf die Straße. Der LKW stand am Straßenrand mit laufendem Motor und die Fahrertür war aufgerissen.

„Ist das dein Laster?", krächzte er wütend. Der Blick des Mannes reichte ihm als Antwort. Benebelt und mit wackligen Knien schwang er sich von seinem Cabrio runter. Die Landung misslang. Er rutschte weg und landete hart auf dem Boden. Der Mann kam mit ausgestreckten Armen, scheinbar um ihm aufzuhelfen. Ohne nachzudenken, schoss sein Fuß nach vorne, so wie er es im Kampfsportunterricht gelernt hatte. Er traf den Mann genau aufs Knie. Der stöhnte vor Schmerzen und torkelte zurück.

Die jahrelang konditionierten Programme in ihm gingen an. Sein ganzer Körper war im Modus. Wie von allein stand er auf. Das Adrenalin flutete jede Vene seines Körpers und betäubte jeglichen Schmerz. Der erste Schlag verfehlte sein Ziel. Aber er war nur der Auftakt für eine dreier Kombi gewesen. Denn dem linken Faustschlag folgte ein rechter, der den Mann auf die Brust traf. Dieser wich wie erwartet nach hinten weg und er ließ den Sidekick folgen, wie es geplant war. Der LKW Fahrer knickte leicht zur Seite weg. Passend dazu ließ er einen harten Haken folgen und traf die Wange des Mannes mit einer Urgewalt, die dessen Kopf wild durch die Gegend schleuderte. Zu allem Übel fing er sich wieder, anstatt auf den Boden zu klatschen. Schlimmer noch: Der Narr riss sogar seine Fäuste hoch. Das ließ den Rest seiner Sicherungen durchbrennen. Wie ein irrer Boxer hüpfte er los und verpasste dem Lastwagenfahrer eine erneute Kombi aus Schlägen. Er wehrte sie erstaunlich gut ab und reagierte mit einem Konterschlag auf seine Schulter.

Am Straßenrand sammelten sich die ersten Schaulustigen. Er bemerkte, wie Leute begannen, ihre Prügelei zu filmen. Sollten sie, dachte er. Es war Zeit, ihnen etwas zu zeigen, das sie so schnell nicht vergessen würden. Angestachelt vom Publikum antwortete er mit zwei Jabs auf die Nase des Mannes und einer fetten, rechten Geraden auf dessen Brust. Wie ein Flummi schleuderte es den Lastwagenfahrer zurück. Doch noch immer hielt er sich auf den Beinen.

Zwei weitere Schläge auf die Brust folgten. Der Mann begann zu zittern. Endlich sanken seine Fäuste und machten das Gesicht frei. Eine Rechte auf die Wange und zwei weitere linke Faustschläge auf die Nase. Endlich war das Opfer weich geklopft und bereit für den finalen Schlag, der ihn zu Boden reißen würden. Zur Vorbereitung ließ er seine rechte Faust erneut auf die Brust des Lasterfahrers knallen und dann holte er von unten zu einem filmreifen Uppercut gegen das Kinn des Mannes aus.

Er traf voll ins Schwarze. Filmreif wurde der Mann von den Füßen gerissen und flog nach hinten ins Gras. Doch das war nicht der Moment, um aufzuhören. Sein geliebtes Cabrio war Schrott. Das war sein letzter Rest heile Welt gewesen und dieser Typ hatte es zu Schrott gefahren. Also sprang er auf die Brust des Mannes, nachdem der auf den Boden geknallt war. Zuerst gab er ihm ein halbes dutzend Schellen auf die Wangen, damit er die Lektion nicht vergaß. Dann fing in ihm das kleine Kind an zu weinen und er quittierte dieses Gefühl mit einem brutalen Hammerschlag auf die Stirn des Mannes und einem weiteren Faustschlag mitten in die Fresse.

Blutig spuckte der Typ einen Zahn aus. Das befriedigte, aber war noch lange nicht genug, dafür was er seinem Baby angetan hatte. Immer weiter schlug er auf ihn ein. Die Sirenen bemerkte er nur am Rand. Aber es war ihm egal. Alles war ihm egal. Ohne sein Cabrio gab es nichts mehr in der Welt, was noch eine Bedeutung hatte. Selbst als mehrere kräftige Arme ihn nach hinten rissen, schlug er weiter wild um sich. Erst das Klicken der Handschellen sorgte dafür, dass er zur Besinnung kam.

Zwei Polizisten leuchteten ihm mit einer Taschenlampe in die Augen. Ob er getrunken hatte, wollten sie wissen. Diese Narren dachten, er wäre das Problem, als ob sie das zerstörte

Auto nicht sehen würden. Unsanft beförderten sie ihn auf den Rücksitz eines Polizeiautos. Unter Blaulicht rasten sie davon. Wie im Traum zog die Landschaft an ihnen vorbei. Eine kalte Träne rollte seine Wange runter. Alles war verloren. Ines war weg und das Auto Schrott. Nichts zählte mehr.

Mit voller Wucht knallte er seinen Kopf gegen die Scheibe. Dann schlug er noch mal zu. Er spürte, wie das Blut lief und der Wagen bremste. Doch das änderte nichts, also schlug er erneut zu. Langsam begannen die Sterne zu tanzen. Er schaffte noch einen vierten Schlag mit seiner Stirn gegen die Fensterscheibe auf der Rückbank des Autos. Dann wurde die Tür aufgerissen und er merkte, wie er ohnmächtig wurde.

Als er erwachte, war er an den Handgelenken fixiert. Er lag auf einer Liege. Sein Schädel brummte und er spürte einen Verband um seine Stirn. Als er sich umsah, wurde ihm klar, dass sie ihn in die Ausnüchterungszelle verfrachtet hatten. Sein letzter Besuch hier war noch gar nicht so lange her, allerdings hatte er damals auf der dreckigen Matratze auf dem Boden übernachten dürfen und am nächsten Morgen hatte sie ihn zurück in die freie Wildbahn gelassen. Er bezweifelte, dass es diesmal auch so einfach gehen würde.

Er sollte recht behalten. Wie ernst die Lage war, wurde ihm klar, als ein Pflichtverteidiger erschien. Wie sich zeigte, hatte er dem Lastwagenfahrer mehr zugesetzt, als gedacht. Denn der lag in einer Klinik im Koma mit lebensgefährlichen Verletzungen. Die Ärzte hatten wenig Hoffnung. Dafür war die Staatsanwältin umso energischer und hatte sofort einen Haftbefehl für ihn beantragt. Bisher ging es nur um schwere Körperverletzung, aber falls der Mann draufging, dann wäre es Totschlag, wenn nicht sogar Mord.

Als der Anwalt endlich verschwunden war, brachten sie ihn in eine andere Zelle. Zumindest hatten sie die Fixierungen an den Händen gelöst und endlich war er allein und hatte Zeit nachzudenken. Es sah beschissen aus und zwar nicht erst seit dem Unfall. In Wahrheit lief es seit Monaten immer mehr steil bergab. Falls er irgendwie aus der Sache rauskam, dann schwor er sich, etwas zu ändern.

Er kam nicht heil aus der Sache raus. Zwar erwachte der Lastwagenfahrer wieder. Doch wegen der brutalen Schläge hatte er auf der linken Seite sein Augenlicht verloren. Die Staatsanwältin war eine scharfe Hündin und forderte zehn Jahre Haft ohne Bewährung. Sein Anwalt hingegen war eine lausige Schlaftablette und vermasselte jedes Gegenargument und zudem stank er nach Schweiß. Am Ende waren es keine zehn, aber immerhin acht Jahre, die sie ihm aufbrummten.

Die Monate vergingen. Zuerst kam er in einen Knast am anderen Ende des Bundeslandes. Dann lebte er sich ein. Fast wäre alles erträglich gewesen, wenn nicht die Stimme in seinem Kopf wieder angefangen hätte zu schimpfen und zu meckern. Wie üblich hatte das nur eine Sache zur Folge und so kam es, dass er auf den Erstbesten, welcher ihn zu lange anguckte, draufsprang und ihn krankenhausreif prügelte. Leider gehörte der zu einer Bande und die Rache folgte zwei Tage später.

„Hast du geglaubt", sagte der Dicke mit der Halbglatze, „wir lassen dich damit davonkommen, dass du unseren Bruder krankenhausreif geprügelt hast?"

„Was wollt ihr tun?", fragte er höhnisch, „wollt ihr eure Mamis zu Hilfe rufen?"

Etwas anderes als dieser coole Spruch war ihm nicht eingefallen. Doch die Situation war brenzliger, als gedacht.

Sie waren in der Werkstatt, wo er seinen Dienst schob und sie waren zu viert und das Schlimmste war, dass sie einen der Hämmer besaßen und scheinbar einen der Wachmänner geschmiert hatten, damit er sich nicht blicken ließ.

Der erste Tritt war ein Witz und er wehrte ihn gekonnt ab. Auch die ersten Schläge konnte er parieren und sogar zwei Gegentreffer landen. Dann traf ihn der Besenstiel im Bauch und das schmerzte ernsthaft. Diese kleine Sekunde hatte gereicht und schon umringten ihn die vier und droschen auf ihn ein. Unsanft ging er zu Boden. Dann spürte er, wie sie seine rechte Hand auf den Boden drückten.

Der Schrei kam, noch bevor er den Schmerz spürte. Mit einem brutalen Hammerhieb zertrümmerten sie ihm die rechte Hand. Als er Stunden später im Krankenhaus an ein Bett gefesselt zu sich kam, war er immer noch benommen von den Schmerzmitteln. Der Trottel von Anwalt tauchte wieder auf. Er solle sich zusammenreißen und aus jeglichem Ärger raushalten, war sein Ratschlag. Außerdem teilte er ihm mit, dass er in ein anderes Gefängnis verlegt werden würde. Schon morgen würden sie ihn dorthin transportieren.

„Gewalt ist ihre Leidenschaft oder versuchen sie einfach nur vor etwas wegzulaufen?"

Die Frage saß. Sie beide kannten die Antwort längst. Nachdem er verlegt worden war, hatte das neue Gefängnis eine Therapie verordnet. Der Psychiater war ein Kerl mit langem Haar, weitem Hawaiihemd und einer fetten Buddha-Statue auf dem Tisch. Er erfüllte alle Klischees aus einem kitschigen Hollywoodfilm. Dennoch traf seine Frage einen empfindlichen Nerv. Kurz war er geneigt aufzustehen und zu gehen, da fiel ihm wieder ein, dass er im Gefängnis war und keine Wahl hatte.

„Ich weiß nicht?", war seine magere Antwort.

„Ist das alles, was ihnen dazu einfällt?", fragte Dr. van de Berg mit seinem holländischen Akzent, „das ist die typische Antwort von Kerlen wie ihnen und solange ihr nicht anfangt, ehrlich zu euch selbst zu sein, stolpert ihr von einer Scheiße in die nächste!"

Die Antwort hatte gesessen. Die ganze Nacht lag er auf seiner Pritsche und dachte darüber nach. Da er als Härtefall klassifiziert worden war, hatte er morgen wieder einen Termin. Also zerbrach er sich die ganze Nacht den Kopf, was er schlaues antworten konnte. Als er dann wieder vor van de Berg saß, brachte er nur Stumpfsinn raus. Dafür traf die nächste Frage des Doktors wieder voll ins Schwarze:

„Wie lange wollen sie noch vor sich selbst davon laufen, ehe sie aufwachen?"

Aufwachen? Wieder lag er abends in seiner Zelle. Was hatte der Psychodoc mit aufwachen gemeint? Doch als er darüber nachdachte, machte es Sinn. Er war ein Traumtänzer. Viel von der Scheiße, die ihm im letzten Jahr passiert war, hätte nicht passieren müssen, wenn er einfach besser aufgepasst hätte. Das betraf sein Auto, das Fremdgehen von Ines und den Typ, dessen Auge er ausgeschlagen hatte. Doch so war er nun mal und in diesem Moment spürte er den Zorn in sich aufsteigen. Das war einfach, wer er war und das würde er dem Psychodoc bei ihrer nächsten Sitzung sagen.

Dann starrte er an die Decke. Frustriert machte er sich klar, dass es ihn eben noch genervt hatte, dass er dauernd so viel Scheiße anstellte. Doch schon einen Moment später war der Zorn in ihm hochgekocht und hatte ihm klar gemacht, wer er wirklich war. Er atmete schnaubend aus und sah sich die Decke der Zelle genauer an. Es war kalter, grauer Beton und war zu seinem neuen Zuhause geworden, eben weil er war, wie er war.

„Ich will nicht mehr ich sein", flüsterte er leise in die Zelle. Wie ein kleiner Zauberspruch stieg der Klang seiner Stimme zur Decke der Zelle auf und Stille breitete sich in seinem Kopf aus. Er atmete ein und traf eine neue Entscheidung. Statt dem Psychodoc zu sagen, wer er war, wollte er ihn fragen, wie er ein anderer werden konnte. Denn er war es leid von einer Scheiße zur nächsten zu schlittern.

Die ersten Sonnenstrahlen krochen durch die Gitter und kitzelten ihn sanft wach. Er wusste nicht mehr, wann er eingeschlafen war. Nachdem er seinen kleinen Satz in die Dunkelheit der Zelle gehaucht hatte, war die Stille in ihm immer stärker geworden und deshalb hatte er einfach nur dagelegen und den dunklen Raum wahrgenommen.

Das neue Gefängnis war weit weg auf dem Land und schon wenn er die Luft hinter seinen vergitterten Fensterstäben einatmete, spürte er den Unterschied. Auch die Wärter waren ganz anders. Die Mentalität auf dem Land gefiel ihm. Auch wenn sie für ihn neu war. Zuhause in den Blocks hatte er das Recht des Stärkeren kennengelernt und es hatte ihm gut getan. Denn die Natur hatte ihm eine kräftige Statur und schnelle Reflexe mitgegeben und Vaters Schläge hatten ihm die notwendige Härte gelehrt und doch fühlte es sich gut an, nicht mehr in einem Raubtierkäfig wie in der Stadt zu sein, denn selbst die Gefangenen waren weniger aggressiv als wie im alten Knast.

„Wir war die Nacht?", fragte der Psychodoc, während er in einer Akte blätterte und Notizen an den Rand schrieb.

„Gut", stotterte er, denn eigentlich wollte er über etwas anderes reden; „Doc", kam es zittrig aus seinem Mund, „ich habe eine Frage."

Interessiert hob der Psychiater seinen Kopf. Sein heutiges Hemd war voll mit Palmen und Sonnenmotiven und sein braungebranntes Gesicht, der lange graue Hipsterbart und die von Zigaretten gelbe Zähne sahen ihn neugierig an. Kurz entstand eine verlegene Stille. Denn er wollte dem Doc seine Gedanken aus der letzten Nacht mitteilen, doch es fiel ihm schwer, sich zu öffnen. Noch nie hatte er gern offen über seine Gedanken gesprochen, schon gar nicht mit einem Mann. Sein Vater hatte ihm beigebracht, dass das nicht männlich war und tatsächlich fühlte es sich komisch an. Doch er war kein Feigling. Er hatte es sich vorgenommen, also musste er es tun:

Wieder zitterte seine Stimme und brach mehrmals, als er dem Psychiater erzählte, was ihm letzte Nacht durch den Kopf gegangen war. Komischerweise löste sich seine Zunge nach ein paar Wörtern und er war wirklich in der Lage, seine Gefühle und die Perspektive der letzten Nacht darzustellen. Schließlich senkte er kurz den Kopf, um sich gedanklich zu sammeln, dann sah er dem Psychiater tief in die Augen und fragte:

„Glauben sie, es ist möglich, dass sich ein Mensch ändern kann?"

Kaum dass er die Frage ausgesprochen hatte, formte sich ein breites Lächeln auf den Lippen des Psychiaters. Dann fing er an, zu erzählen. Es ging um mehrere Fälle, die er gehabt hatte. Keiner davon hatte es geschafft, sich wirklich zu ändern. Nur einem war es gelungen, erzählte er und kramte in seiner Schublade. Dann zog er ein Foto raus und drückte es ihm in die Hand.

„Das ist Anton und da waren wir zusammen Windsurfen in Ägypten. Du siehst Alex, es ist möglich, aber glaube mir, nur die Besten schaffen es."

Er nahm das Foto und sah es sich an. Es war unverkennbar der Psychodoc und er hatte mehr Muskeln unter seinem Hemd, als er ihm zugetraut hatte. Definitiv ging er regelmäßig ins Fitnessstudio. Im Hintergrund war das Meer zu sehen. Die Sonne schien und ein paar Surfbretter lagen herum. Neben dem Psychodoc stand der Mann, der Anton heißen sollte. Sein ganzer Körper war mit harten, billigen Tattoos übersät, die vermuten ließen, dass er einiges auf dem Kerbholz hatte. Wie der Psychodoc ihm verraten hatte, hatte er tief im Drogenhandel dringesteckt und war auch in einem der Chapter eines der örtlichen Motoradclubs eine große Nummer gewesen. Seine platte Nase bewies, dass er sich mehr als nur ein paarmal geprügelt hatte.

Dieser Typ war stahlhart. Seine Augen waren die eines Löwen. Das erkannte er. Sein Vater hatte die gleichen Augen gehabt und er hatte gekämpft, bis ihn der Lungenkrebs weggerafft hatte. Kurz blinzelte er hoch. Der Doc lächelte immer noch, aber sagte nichts.

Er sah sich Anton erneut ganz genau an. Neben seinen Tattoos und den Löwenaugen war noch etwas unübersehbar. Er war glücklich und entspannt und das war es, was er wollte. Denn die Wut in ihm, ließ ihn nie entspannen. Die Tattoos und die Boxernase verrieten ihm, dass Anton auch einst ein Getriebener gewesen sein musste. Und doch stand er auf diesem Foto und war entspannt und frei und zwar nicht frei vom Knast und den Gitterstäben, sondern er war frei von der Wut. Er blickte hoch zum Doc, der ihn immer noch abwartend ansah. Dann sagte er mit voller Inbrunst:

„Doc, das schaff ich auch. Ich werde mich von meiner Wut befreien und dann gehen wir auch Windsurfen in Ägypten!"

Amira

Beide Wecker klingelten schrill. Das Handy erwischte sie sofort und schaltete es grummelnd aus. Um den Wecker auf der Kommode zu erwischen, musste sie sich strecken. Das war auch der Zweck, weswegen sie ihn dorthin gestellt hatte, denn sonst bestand die Gefahr, dass sie einfach weiterschlief. Als das Schrillen der Höllenmaschinen abgestellt war, ließ sie sich seitwärts aus dem Bett rollen und öffnete die Jalousien. Die Sonne brannte in ihren Augen und der Verkehr auf der Straße brummte.

Draußen war helllichter Tag. Tatsächlich war es ein richtig schöner Nachmittag und eigentlich perfekt, um in einem der kleinen Cafés zu sitzen und einen Latte Macchiato zu trinken oder Selfies zu machen. Aber das galt nicht für sie. Denn sie musste gleich zur Nachtschicht, so wie jede Nacht abgesehen von Sonntags.

Der Blick in den Spiegel verriet ihr, dass sie immer mehr zunahm. Selbst ihre Falten wurden trotz der neuen Creme immer tiefer. Doch am schlimmsten waren die Krähenfüße. Mittlerweile hatte sich die Farbe zwischen blau und violett eingependelt und sie schienen mit jeder neuen Nachtschicht schlimmer zu werden.

Sie brauchte dringend einen neuen Job. Die Aussichten waren jedoch schlecht. Außer zum Putzen wollte sie keiner einstellen. Heute war wieder einmal das Bürohaus mit dem korpulenten Sicherheitsmann dran, der sie ständig schmierig ansah. Sie atmete durch und riss sich zusammen. Das Leben war, wie es war und letztendlich war sie selbst verantwortlich für ihr Schicksal.

Einst hatte alles gut ausgesehen, vielmehr hatte er gut ausgesehen. Er war zwar fünfzehn Jahre älter gewesen. Aber das hatte sie nie gestört. Denn in der Schule war sie immer das Mauerblümchen gewesen und er war der Erste, der sie zum Blühen gebracht hatte. Alles war wunderschön gewesen. Die Jahre waren wie im Traum verflogen. Doch dann war sie verblüht und er hatte sich gnadenlos mit der nächstbesten Achtzehnjährigen aus dem Staub gemacht.

Er hatte sich stets um alles gekümmert und ihr hatte das gefallen. Alles worauf sie gewartet hatte, war der Antrag und dann das Kinder kriegen. Sie hatte kein Problem damit für immer zuhause zu bleiben und sich um Haushalt und Kinder zu kümmern. Die modernen Frauen hatte sie nie verstanden, die auf eigenen Füßen stehen wollten. Was gab es schöneres, als zuhause zu bleiben und Hausfrau zu werden?

Ihre unterschwelligen Fragen, wann sie endlich heiraten würden, hatte er immer gekonnt umschifft. Bis dann der Abend gekommen war, an dem er sie unerwartet mit einem Vorschlaghammer in die Hölle gestoßen hatte. Nicht einmal in der Wohnung hatte sie bleiben dürfen, da seine Neue dringend bei ihren Eltern ausziehen wollte.

Viele Möglichkeiten hatte sie damals nicht gehabt. Ihr Vater hatte ihn vom ersten Moment an gehasst. Als sie dann zu ihm stand, war es zum Streit gekommen und sie hatte mit ihren Eltern gebrochen. Seit Jahren hatte sie sie nicht mehr gesehen. Deshalb war ihr nur der Gang ins Frauenhaus geblieben. So schäbig, wie es gewesen war, war es doch ihr einziger Strohhalm gewesen. Tatsächlich hatten sie ihr sogar geholfen, den Putzjob und diese kleine Wohnung zu finden. Die Wohnung war das Einzige, was sie sich leisten konnte. Die Küche und die Dusche waren im selben Raum und der andere Raum hatte die Größe eines Kleiderschranks.

Das Härteste war jedoch die Kälte der Einsamkeit, denn jeden Abend schlief sie allein ein und wünschte sich nichts mehr, als wieder bei ihm zu sein. Der dumpfe Schmerz des Verlassenwerdens fraß sie auf. Die fette Depression, die diesem Gefühl gefolgt war, hatte sie mit Essen betäubt. Eis, Pizza und Chips; dazu ließ sie pausenlos den Fernseher laufen. Die Folge war, dass ihre Haut unrein wurde und sie extrem zunahm, bis sie anfing sich selbst zu hassen, sobald sie in den Spiegel sah.

Zwei Jahre lief das schon so. Mehrmals hatte sie überlegt, sich vom Dach zu stürzen. Aber sie war ein Angsthase und so war sie statt aufs Dach zu steigen, einfach in die Nacht spaziert. Diese Spaziergänge wurden zu ihrem Ritual. Nachts war niemand unterwegs, bei ihrem Aussehen musste sie auch nicht befürchten, von notgeilen Typen genervt zu werden. Eines Nachts, es war schon weit nach Mitternacht gewesen, war sie an einem buddhistischen Tempel vorbeigelaufen. Da hatte sie irgendwie ein Plakat magisch angezogen, dass im großen Fenster gehangen hatte. Es war selbstgemacht und die Sprache war gespickt mit mehreren Grammatikfehlern, wie es für Ausländer typisch war. Aber das war nicht das Interessante daran gewesen.

Das Plakat fragte sie unverhohlen, ob sie inneren Frieden suchte? Erst hatte sie diese Frage irritiert. Die Worte innerer Frieden klangen schwülstig, als ob sie aus einer anderen Zeit stammen würden. Doch die Frage drehte sich irgendwie in ihrem Kopf weiter und begleitete sie die nächsten Tage. Sie dachte immer intensiver darüber nach, bis ihr klar wurde, dass es genau das war, was ihr fehlte. Sie wollte ihren inneren Frieden zurück, denn seit zwei Jahren hatten sie keinen mehr.

Mittlerweile war es wirklich schon zwei Jahre her, dass er sie verlassen hatte. Dennoch sah sie jedes mal vorm Einschlafen sein Gesicht. Sein immer noch schönes Lächeln stach wie heiße Nadeln in ihr Herz. Deshalb brauchte sie nichts mehr als inneren Frieden. Also war sie beim nächsten nächtlichen Spaziergang erneut beim Tempel vorbeigelaufen und hatte sich das Plakat nochmal ganz genau angesehen.

Die Antwort auf die Frage bei der Suche nach dem inneren Frieden war ein kostenloser Meditationskurs. Zumindest kostete es nichts, war ihr erster Gedanke. Denn fürs Putzen gab es nicht viel Geld und so musste sie jeden Cent dreimal umdrehen. Rechts am Rand des Plakats stand geschrieben, dass der Kurs immer mittwochs und sonntags stattfand. Mittwoch fiel für sie zwangsläufig aus, da sie da putzen musste. Blieb also nur der Sonntag, denn das war ihr einzig freier Tag. Sie nahm sich vor hinzugehen. Vielleicht konnten sie ihr wirklich ihren inneren Frieden zurückgeben.

Die nächsten Tage verliefen eintönig. Sie putzte und wenn sie fertig war, ging sie müde nach Hause und ließ sich ins Bett fallen. Dann sah sie fern, bis sie einschlief und erst wieder von ihren schrillen Weckern geweckt wurde. Endlich kam der Sonntag. Doch als sie aufstehen wollte, waren ihre

Beine schwer wie Beton und ihre Augen drückten nach unten wie alte Schiffsanker.

Sie blieb im Bett liegen und verschlief den ganzen Tag. Denn was sollte sie auch wach bleiben, es gab schließlich nichts außer vielleicht fernsehen, was sie tun konnte. Da waren keine Freunde, weil sich früher ihr ganzes Leben nur um ihn gedreht hatte. Und er hatte immer gewollt, dass sie artig zu Hause blieb, damit sie sich ums Essen und seinen Schwanz kümmerte, sobald er nach Hause kam.

Salzige Reue spielte wie das Wasser aus dem Ozean den Rest der Woche in ihrem Kopf und riss Wunden auf. Bei ihrem nächsten nächtlichen Spaziergang war sie wieder beim Tempel vorbeigelaufen. Müde hatte sie erneut auf das Plakat gestarrt. Es tat weh, denn das wäre die erste Abwechslung seit Monaten gewesen. Deshalb nahm sie sich vor, am nächsten Sonntag hinzugehen, selbst wenn der Mond auf die Erde fallen würde.

Wie frustrierend ihr Leben war, wurde ihr schmerzlich bewusst, als sie wieder nach Hause kam. Seit über einem Jahr hatte sie außer arbeiten, nichts mehr gemacht. Plötzlich grummelte ihr Magen und sie fragte sich, was die Leute denken würden, wenn sei einen Meditationskurs besuchen würde. Dann musste sie lachen, als ihr bewusst wurde, dass es niemanden auf der ganzen Welt gab, der sich dafür interessierte, was sie tat.

Als der Sonntag kam, war sie vorbereitet. Denn sie war nicht bereit, sich noch einmal zu drücken. Deshalb hatte sie das Frühstück schon vorbereitet und stand pünktlich auf. Der Meditationskurs würde am frühen Nachmittag starten. Mit gemischten Gefühlen lief sie los, als die Zeit reif war.

Am Tempel angekommen, las sie sich das Plakat erneut durch. Die Worte innerer Frieden triggerten sie immer mehr. In ihren letzten Nachtschichten hatte sie sich immer mehr den Kopf darüber zerbrochen, wie ihr Meditation helfen könnte, ihren inneren Frieden zurückzugewinnen. Beim Blick zur Tür musste sie schlucken, aber dann riss sie sich zusammen und betrat den Tempel.

Hinter der Tür lag eine kleine Eingangshalle. Sie machte einige Schritte, dann tauchte eine kleine asiatische Frau auf. Ihr Körperbau war stämmig wie der einer alten Bäuerin und sie hatte einen rasierten Kopf. Ihre Kleidung war irgendwie befremdlich. Das was sie anhatte, sah aus wie ein brauner Sack, der steif an ihr herabhing. Plötzlich trafen sich ihre Augen. Die Asiatin begann zu lachen. Dann faltete sie die Hände und verbeugte sich.

Die Art, wie sich die Frau verbeugte, hatte etwas ehrliches. Die Verbeugung löste ihre eigene Starre. Denn es gefiel ihr. Es lag etwas entspanntes und befreites in der Bewegung. Als die Frau sich wieder aufrichtete, faltete sie auch spontan ihre Hände und verbeugte sich. Dann sagte die Asiatin etwas und es wirkte wie im Film. Der Akzent der Frau war so stark, dass sie einen Moment brauchte, um zu begreifen, dass sie deutsch sprach. Ihr Akzent verzerrte jedes Wort bis zur Unkenntlichkeit. Nachdem sie den ersten Schwall Worte der Asiatin nicht verstanden hatte, sagte sie ihr, dass sie zur Meditation wollte. Plötzlich verbeugte sich die Frau erneut und zeigte mit einer Handgeste einen langen Gang entlang.

Die Asiatin ging voraus und sie folgte ihr im höflichen Abstand. An den Wänden hingen viele Bilder und überall standen Statuen mit lächelnden Buddhas herum. In einigen Dokumentationen im Fernsehen hatte sie Tempel mit diesen

Statuen gesehen. Eine der Statuen gefiel ihr besonders. Sie betrachtete den Mann genauer, der dort abgebildet war. Sein Blick war faszinierend. Zweifelsfrei besaß er den inneren Frieden. So frei wie sein Lächeln und seine halboffenen Augen wirkten, konnte es keinen Zweifel daran geben.

Die glatzköpfige Frau ließ sie am Eingang zu einer großen Halle stehen. Drinnen gab es Reihen mit kleinen Kissen und vorne standen drei riesige goldene Statuen, die aussahen wie die kleinen Figuren im Gang. Aber diese waren riesig und sicher größer als ein ausgewachsener Mensch. Kurz überlegte sie einfach einzutreten und sich alles anzusehen. Doch sie ließ es bleiben, um niemanden zu verärgern. Schließlich war sie neu und wusste nicht, was erlaubt war.

Auf einmal drangen Stimmen an ihr Ohr und sie drehte sich um. Eine Gruppe junger Menschen kam den Gang entlang. Bei der Art, wie sie gekleidet waren, handelte es sich sicher um Studenten von der Uni. Instinktiv drehte sie sich weg. Als einfache Putzfrau konnte sie nicht mit Gebildeten mitreden. Dass sie sie freundlich begrüßten, überraschte sie. Jede:r faltete die Hände vor ihr und verneigte sich genauso, wie es die asiatische Frau getan hatte. Es berührte sie. Sie fühlte sich nicht mehr unsichtbar. Diese Leute waren hip und cool. Allein dass sie sie eines Blicks würdigten, schmeichelte ihr und die Verbeugungen gaben ihr das Gefühl, dass sie von ihnen wertgeschätzt wurde, etwas das ihr als Putzfrau nicht besonders oft passierte.

Eine der jungen Frauen fragte sie, ob sie zum ersten Mal hier wäre. Mehr als ein gestottertes ja bekam sie nicht heraus. Zum Glück erschien in diesem Moment die kahlköpfige Asiatin wieder. Sie verneigte sich schweigend und zeigte dann mit einer Handgeste an, dass sie ihr folgen sollten. Sie führte sie in einen kleinen Raum, der am Rand der großen Halle lag.

Scheinbar war sie die einzig Neue. Denn die Asiatin, die sich als MiaoShan vorstellte, begrüßte alle mit Vornamen. Das verunsicherte sie. Wieder fühlte sie sich ausgeschlossen und als fünftes Rad am Wagen. Doch MiaoShan erkundigte sich nach ihrem Namen und plötzlich konnte sie wieder lächeln. Dann sollten sie sich hinsetzen. Sie suchte sich ein Kissen, welches ganz hinten und nah am Eingang lag. Das fühlte sich am sichersten an. Falls es ihr zu viel wurde, konnte sie jederzeit weglaufen. MiaoShan sprach zuerst einige Gebete, in denen es um Mitgefühl und Verständnis ging. Zu ihrer Überraschung störte es sie nicht, auch nicht, dass sie sich noch einmal alle voreinander verbeugen sollten.

Endlich ging es los. Als sie hörte, dass sie ihre Augen schließen sollte, tat sie es sofort. Denn so konnte sie sich wieder in ihren persönlichen Schutzraum zurückziehen. Außer MiaoShans Stimme war plötzlich alles verschwunden. Die Asiatin erklärte, was sie tun sollten und sie versuchte alles so korrekt zu machen, wie es ging. Zuerst sollten sie sich auf den Atem konzentrieren, also tat sie es. Als nächstes sollten sie die Atemzüge jeweils bis zehn zählen. Also zählte sie jeden Atemzug, bis sie bei zehn ankam und sie zählte sehr aufmerksam. Die letzte Anweisung von MiaoShan war, alle anderen Gedanken loszulassen. Auch das tat sie genauso, wie MiaoShan es gesagt hatte. Dann ertönte der Gong.

Der Blick auf ihre Armbanduhr verriet ihr, dass sie eine komplette Stunde meditiert hatten. Doch das Ganze war ihr vorgekommen wie zehn Minuten. Es machte sie traurig. Die Zeit war einfach verflogen. Sie hob ihren Blick und schloss sich den anderen an, die sich wieder voreinander verbeugten.

Also verbeugte sie sich einmal symbolisch vor den anderen. MiaoShan dankte allen, dass sie gekommen waren und dann standen die ersten Teilnehmer auf.

Eine der Studentinnen ging zu der Asiatin, die lächelnd vorne stand, und begann ein Gespräch. Sie schnappte einige Wortfetzen auf. Es ging scheinbar um die Meditation und um den Buddha. Mehrere andere verabschiedeten sich mit einer Verbeugung und gingen. Sie selbst wusste nicht, was sie tun sollte. Am liebsten wäre sie hiergeblieben. Aber dann wurde ihr klar, dass das komisch wirken würde und sie hatte große Angst davor, komisch zu wirken. Also flüsterte sie leise ein auf Wiedersehen und folgte dann einem der jungen Männer zum Ausgang.

Tief in sich drin meldete sich plötzlich eine Stimme und sagte, dass sie hoffte, dass einer der jungen Menschen sie ansprechen und sie fragen würde, wie sie die Meditation gefunden hatte. Aber nichts geschah und als sie das Zentrum verließ, wehte ihr ein kalter Wind ins Gesicht. Langsam lief sie den Bürgersteig entlang, außer nach Hause zu gehen, konnte sie nichts anderes tun. Plötzlich drehte sie sich um und warf einen Blick auf das Meditationszentrum. In diesem Moment schwor sie sich wiederzukommen. Sie war ihr eintöniges Leben leid und sie war bereit für ein neues Abenteuer und für neue Menschen. Alles was sie dafür tun musste, war zur Meditation zu gehen, sich mit den anderen hinzusetzen und nach dem inneren Frieden zu suchen.

Achmed und Johnny

Ein Kieselstein rollte über den Asphalt. Der Sommer war schon zwei Wochen alt, aber bisher war nichts passiert. Alle ihre Freunde waren im Urlaub. Sie waren die einzigen aus ihrer Klasse, die nicht verreisten. Sie beide hatten etwas gemein. Sie hatten keine Väter mehr. Sonst hatten alle zwei Elternteile, nur sie beide nicht. Achmed war vor fünf Jahren allein mit seiner Mutter nach Deutschland gekommen. Sein Vater war im Krieg verschollen und bis heute hatten sie nichts von ihm gehört.

Bei Johnny war es anders. Sein Vater hatte sich direkt nach seiner Geburt verdrückt. Er wusste nicht viel von ihm. Mama wurde immer sauer, wenn er nach ihm fragte. Falls sie etwas über ihn verriet, dann dass er ein Faulpelz war, der keine Verantwortung übernehmen wollte. Die ersten Tage hatten sie bei Achmed zuhause verbracht und TV geschaut, aber dann hatte Achmeds Mutter sie vor die Tür gesetzt und gesagt, dass sie schließlich Jungs seien und gefälligst draußen irgendwelche Abenteuer erleben sollten. Seitdem hatten sie im Park oder auf dem Fußballplatz abgehangen. Aber scheinbar waren sie die Einzigen in der gesamten Stadt, die nicht verreist waren. Denn selbst der sonst übervolle Fußballplatz war völlig verwaist. Ein paar Tage hatten sie gegeneinander gespielt, doch selbst das war irgendwann langweilig geworden.

"Hast du eine Idee?", fragte Achmed.

"Eigentlich nicht", antwortete Johnny, "aber hinterm Park in der alten Pflastersteinstraße hat eine neue Kung Fu Schule aufgemacht."

"Klingt spannend", grunzte Achmed, "lass uns hingehen und gucken, was da abgeht."

Johnny sprang auf und reichte seinem besten Freund die Hand. Achmed zog sich hoch und die beiden verließen den Fußballplatz. Um zu der alten Seitenstraße zu kommen, mussten sie zuerst über den Markt und dann durch die Altstadt bis zum Park hinter dem das große Museum über Heimatkunde lag, hinter dem sich die Seitengasse verbarg.

Auf dem Markt war nicht viel los. Die einzigen Kunden standen beim Gemüsestand und beim Biobauern. Die Klamotten, alten Poster und Bücher lagen angestaubt auf den kleinen Tischen. Kurz überlegten sie sich eine Waffel zu kaufen, aber es war Monatsende und keiner der beiden hatte noch viel von seinem Taschengeld übrig.

Im Park gab es nur einige Hunde mit ihren Haltern, die Gassi gingen. Ums Museum machten sie einen großen Bogen. Vor den Ferien hatten sie ein Projekt dort gemacht, bei dem sie unendlich viel über die Stadtgeschichte hatten lesen und dann eine Geschichte schreiben müssen. Beide mochten lesen und schreiben nicht. Johnny mochte es nicht wegen seiner Lese-Rechtschreibschwäche und Achmeds Deutsch war immer noch so schlecht, dass er jedes Jahr fast immer sitzen blieb und nur aus Gnade der Lehrkräfte wegen seiner Biografie, die Klasse nicht wiederholen musste.

Die alte Seitengasse war gepflastert. Die Steine guckten kreuz und quer aus dem Boden. Ansonsten gab es nicht viel. Die abgeblätterten Schriftzüge über einigen großen Fenstern verrieten, dass es vor langer Zeit belebter gewesen sein musste. Nur auf der linken Seite sahen sie das Banner mit der Aufschrift Shaolin Kung Fu und ein paar Comicfiguren, die mit altertümlichen Waffen kämpften.

Sie stellten sich breitbeinig vor der Kung Fu Schule auf. Johnny zückte sein Handy und machte ein Foto. Es wäre für seinen neuen Status, wie er Achmed zurief. Der lächelte verschworen. Denn sie posteten jeden Tag Bilder, damit die andern aus der Klasse nicht glaubten, dass sie sich langweilen würden. Johnny steckte sein Handy zurück in die Tasche, ging zum großen Fenster und drückte seine Nase an die Scheibe. Achmed folgte ihm zögerlich. Er war von beiden der Schüchterne, während Johnny der Draufgänger war. Viel sahen sie nicht, aber sie hörten ein Klackern, wie es von Holz kommen musste.

"Denkst du, das sind Bauarbeiter?", fragte Achmed.

"Möglich", antwortete Johnny, "vielleicht müssen sie die Schule erst noch bauen."

Neugierig wie die zwei waren, schauten sie weiter. Drinnen sahen sie Matten auf dem Boden und an der Wand hing ein großer Spiegel, der die gesamte Seite einnahm. Alles sah fertig aus und von Bauarbeiten war nichts zu sehen. Johnny zeigte auf den Durchgang, der auf den Hinterhof führte. Das Gemäuer war aus altem Backstein. Hinten öffnete sich ein Hof mit Garagen und verfallenen Werkstätten. Nur das Klackern wurde lauter. Die beiden Jungs gingen weiter und dann sahen sie einen Mann, der vor einem Holzgerät stand und darauf einschlug und eintrat. Die beiden sahen sich mit großen Augen an:

"Komm wir verschwinden wieder", sagte Achmed ängstlich und griff nach Johnnys Schulter. "Warte, ich will das sehen", erwiderte Johnny und riss sich los. Plötzlich stoppte der Mann. Er hatte sie bemerkt und sah sie neugierig an. Nicht nur Achmed bekam weiche Knie, auch Johnny wurde mulmig. Denn es war niemals klug, einen Mann zu stören, der gerade wie ein Wilder auf Holz einschlug. Tatsächlich funkelten die Augen des Mannes wie die Augen eines Tigers. Auf einmal lief er auf sie zu und Achmed griff wieder ängstlich nach Johnnys Schulter.

"Hi Jungs", sagte der Mann plötzlich mit tiefer Stimme, "Lust auf ein bisschen Shaolin Kung Fu?"

Johnny und Achmed sahen sich mit großen Augen an. Achmed hatte wieder seinen ängstlichen Blick aufgesetzt. Johnny hingegen lächelte. Diese Chance war das Beste, was ihnen in dieser Woche passiert war und er war nicht bereit, sie verstreichen zu lassen.

"Klar, aber mein Freund hier ist ein bisschen verweichlicht, also seien sie vorsichtig mit ihm!", lachend schlug er Achmed auf die Schulter. Der guckte zerknirscht drein.

"Los kommt, ich zeige euch die Schule!"

Ohne auf sie zu warten, ging der Mann durch die Hintertür nach drinnen. Johnny lief ihm nach und Achmed folgte ihm. Er konnte seinen Freund schließlich nicht allein gehen lassen, denn sonst würde der ihn die restliche Woche damit aufziehen. Zuerst kamen sie in einen schmalen Gang. Links und rechts gab es zwei Räume, die wie Umkleidekabinen aussahen. Sie gingen weiter dorthin, von wo das Licht kam. Sie erreichten den großen Raum mit den Matten, den sie durch die Fensterscheibe gesehen hatten.

"Zieht die Schuhe aus, bevor ihr die Matten betretet", sagte der Mann.

Johnny schlüpfte einfach aus seinen und feuerte sie in die Ecke. Achmed setzte sich hin und schnürte seine sorgfältig auf. Dann stellte er sie ordentlich hin, nahm die von Johnny und stellte sie daneben. Der Mann hatte sich in der Zeit mit gekreuzten Beinen auf den Boden gesetzt. Als Achmed fertig war, sagte er: "setzt euch zu mir Jungs."

Die zwei setzten sich vor ihn hin. Achmed versuchte seine Beine genauso zu kreuzen, während Johnny sich einfach auf den Boden lümmelte. Als nächstes stellte sich der Mann vor. Er hieß Chuck und kam aus Texas. Wie er verriet, lebte er seit ein paar Jahren in Deutschland, nachdem er viele Jahre durch die Welt gereist war. Dann wollte er von den Jungs wissen, wie sie hießen und warum sie nicht wie die anderen Kinder der Stadt verreist waren. Während Johnny es vor Scham verzog nicht zu antworten, erzählte Achmed seine ganze Lebensgeschichte und ließ kein Detail aus.

"Wow mein Freund, du hast einen langen Weg hinter dir!"

Genervt von den Rührseligkeiten fiel ihm Johnny ins Wort: "Wie kommt es, dass ein Texaner in Deutschland Shaolin Kung Fu unterrichtet? Ich habe im Fernsehen gesehen, dass die Shaolin in China leben und buddhistische Kampfmönche sind."

"Wow Junge, du bist klug", kommentierte er Johnnys kleine Provokation. Dann holte er weit aus und erzählte, wie er auf seinen Reisen irgendwann in China gelandet war. Dort hatte er in Hong Kong eine kleine Shaolin Schule besucht. Seit seiner Kindheit hatte er schon Kung Fu geübt. Aber erst in China hatte er richtig losgelegt. Nach zwei Jahren täglichem Training hatte er viele Freunde in China gefunden und einer hatte einen Neffen im echten Shaolinkloster gehabt. Der hatte für ihn den Kontakt hergestellt und so konnte er von da an regelmäßig hinfahren und mittrainieren. Nach drei Jahren weiterem Training war er dann Trainer geworden."

"... und wie bist du in Deutschland gelandet?", fragte Achmed neugierig.

"Liebe war der Grund. So verrückt das klingt, aber in Hong Kong habe ich eine deutsche Frau kennengelernt, die da studierte. Wir haben uns verliebt und geheiratet. Sie wollte zurück nach Deutschland und ich bin einfach mit. Tolles Land übrigens!"

Johnny grinste. Chuck aus Texas hatte ihn überzeugt. Der Typ war cool, kam aus den USA und konnte kämpfen. Es war Zeit für Action, also fragte er wieder provokant:

"Ich dachte, du wolltest uns Kung Fu zeigen und uns nicht nur vollschwafeln!"

Chuck lachte und beugte sich weit nach hinten. Sein Kopf kippte so weit und er musste sich mit den Händen abstützen. Plötzlich ging ein Ruck durch seinen Körper. Seine Beine schnellten noch oben und wie eine Schlange schlängelte er sich durch die Luft. Chucks ganzer Körper bog sich und eine Sekunde später stand er mit beiden Füßen auf der Matte und hielt seine Fäuste in Angriffshaltung nach oben.

"Chuck, du bist mega!", schrie Achmed.

Selbst Johnny musste zugeben, dass diese Art aufzustehen, filmreif war. Spontan standen sie auf und stellten sich genauso hin. Chuck sagte nichts mehr. Stattdessen schlug er mit der linken Faust nach vorne in die Luft und stieß dabei einen Kampfschrei aus. Johnny und Achmed machten es ihm sofort nach. Chuck lächelte und vollführte den Faustschlag erneut, ließ ihm diesmal aber noch einen Tritt und zwei weitere Faustschläge folgen. Wieder machten Johnny und Achmed es ihm nach.

"Wow Jungs, ihr seid Naturtalente", lobte sie Chuck mit seinem starken amerikanischen Akzent,

"Ihr habt bestimmt schon woanders trainiert!"

Als beide den Kopf schüttelten, lobte er sie nochmal und machte dann weiter. Sie marschierten von einer Seite der Matten zur anderen und dann wieder zurück. Chuck machte die Bewegungen vor, die aus Fausthieben, Tritten, Schlägen mit der Handkante und Kniestößen bestanden und die Jungs machten es ihm nach. Nach der fünften Bahn über die Matten stoppte Chuck.

"Ihr seid super! Ich sehe extrem viel Talent in euch. Habt ihr Lust auf einen Bruchtest, um eure Kräfte zu testen?"

Johnny nickte sofort, während Achmed eher zögerlich zustimmte. Chuck quittierte es mit einem Lächeln und verschwand kurz hinten in dem schmalen Gang, durch den sie hereingekommen waren. Als er wieder zurückkam, hatte er mehrere Holzbretter in der Hand.

"So Jungs, das hier wird eure Feuertaufe als neue Kung Fu Kämpfer!"

Johnnys Grinsen wurde breiter als der Amazonas. Selbst Achmeds Augen begannen zu funkeln, obwohl sich sofort wieder der Zweifel in seinen Blick mischte. Chuck klopfte ihm auf die Schulter, als er seinen Blick bemerkte. Dann wandte er sich an Johnny:

"Du siehst so aus, als ob in dir die Power eines Shaolin Kriegers steckt. Bist du bereit, allen zu beweisen, was du kannst?"

"Jederzeit!", antwortete Johnny stolz, obwohl Zweifel in seiner Stimme mitschwang. Denn die Bretter waren mindestens zwei Zentimeter dick und er hatte so etwas noch nie probiert. Chuck erklärte ihm den Ablauf. Dann zeigte er Johnny, wie er sich hinstellen musste. Das linke Bein angewinkelt nach vorne und das Rechte nach hinten, damit sein Faustschlag ein festes Fundament hatte. Johnny war

Rechtshänder und wollte auch mit Rechts zuschlagen. Chuck nahm seine Position ein und gab ihm als letzten Rat mit, dass er einen Kriegsschrei ausstoßen sollte, bevor er zuschlug und dass ihm das extra Power verleihen würde. Johnny nickte, festigte seinen Stand, schrie und schlug zu.

Seine Faust krachte gegen das Brett, doch es hielt stand. "Nochmal!" , schrie Chuck und Johnny überlegte nicht lange. Erneut schrie er und schlug zu. Das Brett hielt stand. Jedoch waren kleine Splitter an jener Stelle zu sehen, auf die er geschlagen hatte. "Nochmal!", schrie Chuck.. Johnny sah ihn verwirrt an, doch Chuck ließ sich nicht davon abbringen und schrie erneut: "Los! Nochmal!", mit seinem amerikanischen Akzent. Johnny biss die Zähne zusammen, schrie und schlug zu.

Splitternd flog das Brett in zwei Hälften. Johnny war wie perplex. Er brauchte einige Sekunden, um zu realisieren, dass er es wirklich geschafft hatte. Dann fing er an zu grinsen, drehte sich zu Achmed und gab ihm einen ihrer berühmten Freundschaftshandschläge. Achmed gratulierte ihm und auch Chuck schlug ihm anerkennend auf die Schulter. Achmed war als nächstes an der Reihe.

Chuck stellte sich auf und wartete. Achmed nahm zögerlich seinen Stand ein. Johnny klopfte ihm aufmunternd auf die Schultern, spürte aber die große Anspannung seines besten Freundes. Stille breitete sich im Raum aus. Achmed schnaubte. Langsam zog er seine Faust zurück. Dann schloss Achmed seine Augen und schlug zu. Es krachte und Achmed schrie. Das Brett hielt stand. Wirr starrte er auf seine Faust, die er immer noch ausgestreckt vor das Bett hielt. Verlegen sah er Johnny an. Der nahm seinen Freund spontan in den Arm und drückte ihn fest an sich. Dann flüsterte er ihm ins Ohr:

"Ich glaube an dich Achmed. Du schaffst das!"

Achmed nickte ihm zu, nachdem Johnny die Umarmung gelöst hatte. Er stellte sich wieder auf und nickte Chuck stumm zu. Wieder schloss er die Augen. Laut sog er seine Lungen mit Luft voll. Dann schrie er laut, riss ruckartig die Augen auf und schlug mit aller Kraft zu. Krachend zerbarst das Brett zwischen Chucks Händen und die Splitter rieselten auf den Boden.

Johnny riss die Faust in die Höhe und der Amerikaner nickte anerkennend mit seinem Kopf. Achmed wurde ganz still. Für einen Moment wurde sein Gesicht starr, bis sich mit einem Mal ein Lächeln formte. Er drehte sich um und gab Johnny ihren speziellen Handschlag. Chuck gratulierte den beiden Freunden. Er erklärte ihnen, dass sie damit das erste Level als Shaolin Kämpfer gemeistert hatten. Die beiden Jungs freuten sich, doch dann setzte Chuck ein ernstes Gesicht auf. Er bat sie, sich in den Schneidersitz zu setzen und begann zu erzählen:

"Die Shaolin sind nicht irgendwelche Kämpfer. Sie sind nämlich auch weise buddhistische Mönche, welche die tiefen Ebenen der Kampfkünste studieren. Was viele nicht wissen, ist, dass die Quelle ihrer Kraft in der Meditation liegt."

Achmed und Johnny guckten sich verdutzt an. Sie hatten schon von Meditation gehört. Besonders einige Mädchen aus der Schule standen auf dieses Zeug, weil es entspannte und angeblich inneren Frieden brachte. Dass Meditation etwas mit Kampfkunst zu tun hatte, war ihnen allerdings neu.

"Habt ihr denn schon mal meditiert Jungs?" Die beiden schüttelten den Kopf. "Dann wird eure erste Meditation heute auch die letzte Prüfung in eurem ersten Shaolin Kung Fu Level sein."

Dieses Mal begann Achmed zu lächeln, während Johnny verwirrt dreinschaute. Chuck erklärte ihnen, wie und warum sie meditierten. Angeblich lag in der Meditation der Weg zu den verborgenen Kräften, die in jedem Menschen ruhten. Die meisten gelangten nie zu ihrer wahren Kraft, erklärte Chuck weiter, weil sie nie tief genug in sich rein blickten. Die Shaolin Mönche taten das und deshalb wurden sie so stark.

"Du meinst also, diese Meditation macht die Shaolin zu Superkämpfern?"

Chuck lachte: "es ist natürlich auch ihr hartes Training, aber ja genau, das meine ich. Die Meditation ist die einzige Macht auf Erden, die dazu in der Lage ist, die innere Kraft in einem Menschen voll zu entfesseln."

"Wow", grunzte Achmed begeistert, "ich will das mit dieser Meditation ausprobieren. Was muss ich dafür tun?"

Wieder lachte Chuck laut: "um richtig zu meditieren, musst du gar nichts tun. Das ist das Geheimnis!"

"Wie meinst du das?", fragte Johnny verwirrt.

"Kommt Jungs, wir setzen uns hin und tun es einfach. Das ist besser, als nur darüber zu reden." Chuck setzte sich und überkreuzte seine Beine. Achmed folgte ihm sogleich und ahmte Chucks Sitzhaltung exakt nach. Johnny guckte den beiden etwas unschlüssig zu. Doch schließlich setzte er sich auch hin und überkreuzte seine Beine genauso wie Achmed.

Chuck begann lächelnd zu erklären. Sobald er den Gong schlug, würde ihre Meditation losgehen und zwar genauso lange bis zum nächsten Schlag auf den Gong. Wie er ihnen erklärte, war der ein Instrument aus China und er hatte im Shaolin Tempel in China, einige riesige Gongs gesehen, die immer zur Mittagszeit, fürs Training und für die Meditation geschlagen wurden. Alles was sie dann noch zu tun hatten, wäre, die Augen halb zu schließen und auf den Boden zu gucken.

"Der Atem ist das Zentrum der Meditation", sagte er mit tiefer Stimme. Alles was sie tun sollten zwischen den zwei Gongschlägen, war, beim Einatmen das Wort Einatmen zu denken und beim Ausatmen das Wort Ausatmen.

"Ist das alles?", fragte Achmed unsicher.

"Thats all buddy", antwortete Chuck. Dann schlug er den Gong.

Johnny versuchte es. Es gelang jedoch nicht. Es machte einfach keinem Sinn. Was hatte atmen mit kämpfen zu tun? Obwohl vielleicht doch was dran war, dachte er, als ihm eine Doku einfiel, die er vor Ewigkeiten über die Shaolin gesehen hatte. Dort hatten sie erklärt, dass es Kampfmönche waren. Auf einmal fiel ihm das Bild wieder ein, wie die kahlköpfigen Mönche in einer großen Halle mit überkreuzten Beinen gesessen hatten, genauso wie sie es gerade taten.

Er riss sich zusammen und probierte es erneut. Irgendwie vertrieb er die Bilder an die Doku und an seine Lieblingsserie im Fernsehen. Es war ein wenig verrückt, dachte er, denn er konnte sich nicht erinnern, jemals versucht zu haben, nur seinen Atem zu spüren und alle Gedanken auszublenden. Stockend verlief sein Atem, als er sich darauf konzentrierte. Irgendwie blockierte es, als ob er verkrampfte.

Er öffnete die Augen und sah sich um. Wie zu erwarten, hatte Chuck seine Augen geschlossen. Er saß aufrecht und sah super entspannt aus. Zu seiner Verwunderung saß Achmed genauso entspannt da. Er lächelte sogar. Frustriert biss Johnny die Zähne zusammen. Wenn sein Freund es schaffte, dann musste es ihm auch gelingen. Er schloss seine Augen und versuchte sich wieder voll auf seine Nasenspitze zu konzentrieren. Augenblicklich überschlug sich sein Atem, als er sich darauf konzentrierte. Doch diesmal blieb er dabei und ließ sich nicht ablenken. Neben der Nasenspitze wurde das Gefühl seiner Bauchdecke plötzlich sehr präsent. Sie hob und senkte sich. Statt sich weiter auf seine Nasenspitze zu konzentrieren, versenkte er sich jetzt ganz in das Gefühl seiner sich hebenden und senkenden Bauchdecke.

Plötzlich war er ganz da. Sein Bauch wurde omnipräsent und was diesem Fokus folgte, war ein tiefes Gefühl der Entspannung. Es begann am oberen Teil des Bauches und breitete sich nach hinten hin zur Wirbelsäule aus. Das beste daran war, wie schön und zugleich sicher es sich anfühlte. Er begann genau das zu machen, was Chuck ihm gesagt hatte. Als sein Bauch sich mit neuer Luft vollsog, dachte er das Wort Einatmen und als die Luft sich über seinen Hals bis zur Nasenspitze hochkämpfte und dann nach draußen strömte, dachte er an das Wort Ausatmen. Dann passierte etwas merkwürdiges.

Zuerst hatte es sich entspannt angefühlt und ihn beruhigt. Das hatte ihm sehr gefallen. Dann waren seine Kaumuskeln entspannt und hatten ein leichtes Lächeln geformt, wie er es bei Achmed gesehen hatte. Doch damit endete es nicht. Nachdem er weiter einatmen und ausatmen dachte und dabei das entspannte Gefühl genoss, kroch ein anderes Gefühl hervor. Es war das Gefühl sich in sich selbst zufrieden und sicher zu fühlen. Plötzlich glaubte er an sich, seine Stärke und seinen Wert und das war etwas, das für Johnny neu war.

Falko

Das Haus konnte er abschreiben. Eine Woche war es jetzt her, seitdem sie mit seiner Tochter ausgezogen war. Sein Sohn lebte noch hier, aber er war mitten in der Pubertät und es kam ständig zu Reibereien mit ihm. Schon als sie noch hier gewohnt und sie sich mit ihm dauernd gestritten hatten, war das Verhältnis zu ihm spürbar abgekühlt, aber seitdem sie ausgezogen war, behandelte er ihn wie einen Fremden.

Selbst die Musik beruhigte ihn nicht. Dass er sich so viel um seinen Kontrabass und die Jazzband gekümmert hatte, war schließlich einer der Streitpunkte, der dazu geführt hatte, dass sie nach sechzehn Jahren Ehe einfach ausgezogen war. Zudem schlug sich sein Bruder, der das Saxophon spielte, mit seiner Frau auf die Seite seiner Exfrau. Das verwandelte die Proben in angespannte Zerreißproben, denn er trug die Vorwürfe seiner Frau auf den Lippen und vergiftete ihre Musik, die sie seit Jahren verbunden hatte.

Am schlimmsten waren die einsamen Nächte. Kurz vor dem Abitur waren sie ein Paar geworden und hatten einige Jahre später geheiratet, als ihr erstes Kind auf dem Weg war. Das war über sechzehn Jahre her. Selbst als die Stimmung schon auf dem Tiefpunkt war, hatte er gehofft, dass ihre gemeinsamen Nächte sie durch diese Krise führen würden, aber der Vorschlaghammer der Realität hatte ihn eiskalt zu Boden gerissen.

"Fabian räum das hier auf!", schrie er gegen den Lärm an. Wie üblich bekam er keine Antwort, was auch an dem furchtbaren Krach liegen konnte. Dass sie sich ausgerechnet wegen des Themas Musik zerstritten, hätte er nie für möglich gehalten, aber Techno hatte seiner Meinung nach nichts mit

Musik zu tun und als es dann zu Fabians Lieblingsmusik geworden war, war ein Graben entstanden, der jeden Tag größer zu werden schien.

Er ging raus in die Garage, um zu üben. In mühsamer Kleinarbeit hatte er sich das perfekte Studio zum Üben, Proben und Aufnehmen gebaut. Für sie war es das rote Tuch gewesen, weil sie sich vernachlässigt fühlte. Immer wieder hatte seine Exfrau ihm vorgeworfen, dass er mehr Zeit im Proberaum verbrachte, als dass er Zeit für sie und die Kinder hatte.

Er zupfte und bisher hatte das jeden Stress vertrieben. Doch schon beim letzten Mal hatte er festgestellt, dass etwas fehlte. Sein Bass und der Jazz hatten ihn durch die harten Jahre getragen. Die häufigen Jobwechsel und die Belastung mit zwei Kindern hatten ihn mehr als einmal bis an den Rand seiner Kräfte gebracht. Jazz war seine Kraftquelle gewesen und natürlich hatte seine Frau recht damit, dass er sich viel zu viel in den Jazz versenkt hatte. Aber er hatte gehofft, dass sie verstand, dass das sein Weg war, um nicht auszubrennen. Sie hatte es nicht verstanden und seine ganze Welt zerbrechen lassen, indem sie sich umgedreht, ihn allein gelassen hatte und seitdem all ihren Freunden erzählte, was für ein grässlicher Ehemann er war.

Enttäuscht stellte er den Bass nach ein paar blauen Noten wieder in die Ecke. Es klang gut, doch es vergrößerte den Schmerz, statt ihn zu verkleinern. Sein Blick schweifte über das Equipment. Es war wunderbar und es war teuer. Ihren letzten Urlaub hatte er für die neue Aufnahmetechnik geopfert. Deswegen hatte es einen schrecklichen Streit gegeben und sie hatte eine Woche nicht mit ihm geredet und im Gästezimmer geschlafen. In diesem Moment wurde ihm klar, dass er damals noch etwas hätte ändern können. Aber der Tunnelblick hatte ihn die Wahrheit seiner zerrütteten Ehe nicht sehen lassen.

Das Haus war kalt, als er es durch die Hintertür wieder betrat. Von Fabian war nichts zu hören. Seit dem Auszug seiner Frau kam er meist nach Mitternacht und verschwand, ohne ihn eines Blickes zu würdigen. Er ließ das Licht ausgeschaltet und setzte sich auf die große Couch. Mit trübem Blick streifte er über die Fotos an den Wänden. Im Zwielicht sahen sie aus wie die antiken Erinnerungen von Menschen aus einer vergangenen Epoche. Irgendwie waren sie das auch, wurde ihm schmerzlich bewusst.

Stumpf ließ er sich nach hinten ins weiche Kissen fallen. Sein Kopf klappte nach hinten und er atmete laut aus. Außer seinem Atem war nur der laute Kühlschrank zu hören. Das Haus, das einst voller Leben gewesen war, war totenstill. Er starrte an die Zimmerdecke. Der Lüster, den sie sich so sehr gewünscht hatte, blinzelte ihn an. Ihr Bild huschte durch seinen Geist. Er atmete erneut aus, doch diesmal steckte Wehmut und Verzweiflung in seinem Atemzug. Es war zu spät, alles rückgängig zu machen. Sie hasste ihn, so wie sie ihn einst geliebt hatte, als sie noch jung gewesen waren. Letztendlich war er nicht unschuldig daran, denn in seiner Hilflosigkeit hatte er sie genauso mit Vorwürfen übersät, als sie ihm ihre laut ins Gesicht gebrüllt hatte. Das schlimmste war, dass die kleine Franzi mit ihr gehen wollte, statt bei ihrem Vater zu bleiben.

Die Zeit zog sich hin und die Dunkelheit des Hauses nagte an ihm. Es schmerzte. Ihm fiel nicht ein, was er tun sollte. Unbewusst griff er nach seinem Handy und begann durchs Netz zu scrollen. Außer der Musik interessierte ihn nicht viel auf der Welt. Bis gestern noch war Jazz sein ganzes Leben gewesen. Auch wenn dieser Traum Risse bekam. Irgendwie kam er auf die Idee, die Wörter Musik und Seelenfrieden einzugeben und auf einmal fand er sich auf einer Seite wieder, auf der es um eine Gruppe ging, die sich zum Singen von Mantras traf.

Es fesselte ihn. Er konnte nicht sagen, was der Grund war, aber etwas an dieser Gruppe faszinierte ihn. Er begann sich die Seite genauer anzusehen. Es handelte sich um ein buddhistisches Zentrum, welches von einem Arzt geleitet wurde, der scheinbar auch fleißig Bücher zu dem Thema schrieb. Das Zentrum lag direkt hinterm Alexanderplatz. Doch die Fotos dazu wirkten sehr exotisch und es wunderte ihn, dass er noch nie etwas davon gehört hatte. Die Gruppe traf sich jeden Sonntag und ohne weiter nachzudenken, schrieb er ihnen eine Mail. Er hatte sowieso nichts zu tun und zuhause fiel ihm nur die Decke auf den Kopf. Da wirkte eine kleine Reise ins Zentrum Berlins wie ein Strohhalm, der ihn vorm Trübsal retten konnte.

Der nächste Tag verlief wie alle, seitdem ihm seine Familie den Rücken gekehrt hatte. Morgens ging er zur Arbeit ins Geschäft. Sein Chef hatte seine Veränderung auch schon bemerkt, doch seitdem er den Grund wusste, war er netter als jemals zuvor. Denn wie er wusste, hatte seine Frau auch vor ein paar Jahren die Scheidung eingereicht. Dennoch machte es das nicht leichter. Denn sein Job frustrierte ihn weiterhin. Als er jung gewesen war, hatte er sich für Technik interessiert und so war er Installateur geworden. Erst später hatte er seine Leidenschaft für die Musik entdeckt und bereute seitdem, dass er keinen kreativeren Job gelernt hatte.

Die Mail mit der Antwort kam am Nachmittag. Er wäre herzlich eingeladen zum Mantrakreis. Es freute ihn. Er wusste nicht genau, was er sich davon erwartete. Er hoffte einfach nur, dass es ihn ablenkte und auf neue Gedanke brachte. Denn was immer er auch tat, die Streits mit seiner Frau waren es, die sich pausenlos wie eine Spirale in seinem Kopf drehten.

Die restlichen Tage waren eine Schmach. Fabians Blicke waren das Schlimmste. Er wusste, dass sein Sohn seit einiger Zeit eine schwierige Phase durchmachte. Nach mehreren schweren Mobbingattacken war er immer mehr zum Schulschwänzer geworden, wobei er sich gleichzeitig komplett zugemacht und in eine Welt aus Hardtechno und Online Games zurückgezogen hatte. Es war nicht mehr möglich, an ihn heranzukommen. Weder ihm noch seiner Frau war das in den letzten Monaten gelungen. Nur das es ihr mehr zugesetzt hatte. Denn die Verbindung zu ihrem geliebten Fabian zu verlieren, brach ihr Herz mehr als sein Jazz. Doch den Frust hatte sie an ihm ausgelassen, was zu einer Spirale aus Vorwürfen, Türen knallen und bösen Lästereien im gesamten Freundeskreis geführt hatte; etwas wobei er verloren hatte und was dafür sorgte, dass er sich wirklich zum ersten Mal in seinem Leben einsam fühlte.

Die Arbeitswoche kroch dahin. Der Regen plätscherte und hielt bis zum Samstagabend an. Sein Handy verriet ihm, dass es Sonntag endlich aufhören sollte. Das passte, dachte er. Denn der Kurs fand abends am Alex statt und das hieß fast zwei Stunden Fahrt mit den Öffis, da er jwd aus dem Speckgürtel kam. Frustriert sah er aus dem Fenster. Es waren erst zwei Wochen. Dennoch fühlte es sich immer noch surreal an. Alles was er seit den Tagen seiner Schulzeit gehabt hatte, hatte sich in Luft aufgelöst. Es war nicht nur das Problem, dass sie ausgezogen war, sondern die gesamte Lebensplanung, die plötzlich nichts mehr bedeutete. Seit der Geburt von Fabian hatte er keinen Tag daran gezweifelt, dass er mit ihr den Rest seines Lebens verbringen würde. Immer wieder bei den Proben oder ihren kleinen Konzerten hatte er das Bild vor Augen gehabt, wie er im Alter mit ihr glücklich auf der Veranda saß und dann gelächelt und sich wieder auf seinen Bass konzentriert. Doch diese Träume waren geplatzt und er hatte keine Ahnung, ob er jemals eine zweite Chance wie diese zum glücklichen Altwerden bekommen würde.

Die Reste des Regens prasselten ans Fenster und die Sonne stand in ihren letzten Zügen. Statt sich in die Garage zum Üben zu verziehen, saß er auf der Couch und starrte durchs große Fenster, das hinten auf den Garten raus zeigte. Die dunklen Wolken zogen über den Horizont. Irgendwie hypnotisierte es ihn, den Wolken nachzuschauen. Langsam trug es ihn ins Land der Träume.

Als er erwachte, lag er noch immer auf der Couch. Im Hintergrund tuckerte die Heizung gemütlich und die Musik von oben verriet ihm, dass Fabian sehr spät nach Hause gekommen sein musste. Müde und zerknirscht schleppte er sich ins Bad. Während des Zähneputzens betrachtete er sein Gesicht. Er war definitiv älter geworden. Von dem agilen Sportler, der er in seiner Schulzeit gewesen war, war nichts mehr übrig. Sein Bauch hatte zwar nicht den Umfang vieler Altersgenossen und dennoch zeigte er seinen Wohlstand. In den letzten Jahren hatte er sich definitiv gehen lassen. Er war weit entfernt davon noch sexy zu sein. Vielleicht war das auch einer der Gründe für ihren Auszug gewesen.

Der Toast zum Frühstück und der Kaffee schmeckten fad. An die klassische Rollenverteilung zwischen Mann und Frau hatte er nie geglaubt, aber den gedeckten Frühstückstisch zum Wochenende, den sie immer gezaubert hatte, vermisste er sehr. Allein war es trübe und Fabian würde sicher erst weit nach zwölf aufstehen und sich nur blicken lassen, um sich etwas aus dem Kühlschrank zu holen.

Die Gartenluft befreite seine Nase für einen Moment vom Frust, als er nach dem Duschen auf die Veranda getreten war. Dinge stapelten sich. Falls er sich nicht aufraffte, würde bald alles chaotisch wuchern. Dann wurde ihm bewusst, dass ihm das endlich egal sein konnte. Sie hatte ihn immer getrieben, den Garten schön zu halten, damit sich die Nachbarn nicht echauffierten. Aber das Haus würden sie früher oder später sowieso verkaufen müssen. Also war es egal, was die Nachbarn dachten.

Sanft strich er über die dickste Saite seines Basses. Er konnte fühlen, wie die Töne nur darauf warteten, in die Welt entlassen zu werden. Spontan griff er sich sein geliebtes Instrument und begann zu zupfen. Es klang gut, aber seinen Fingern fehlte die Muse. Also stellte er ihn wieder an seinen Platz und setzte sich auf den teuren Drehstuhl bei der Aufnahmetechnik. Frustriert sah er sich um und griff sich dann sein Handy.

Er klickte sich noch einmal zu der Seite des Mantrasingens durch. Plötzlich fragte er sich, wie er jemals auf so etwas landen konnte. Bisher war er noch nie besonders spirituell gewesen. Aber bisher war er auch nie in seinem gesamten Erwachsenenleben Single gewesen. Denn die harte Wahrheit war, dass es sein altes Leben nicht mehr gab. Etwas neues auszuprobieren, war die einzige Chance, um aus der Tragik seiner Lebenssituation zu entkommen.

Die Seite war in dunklem Rot mit vielen Bildern gehalten. Statt vielen Texten gab es viele Videos, die erklärten, was Buddhismus war und was dort gemacht wurde. Er schaute sie sich an. Am überraschendsten war, wie viele junge Leute dort waren. Irgendwie hatte er an eine Gruppe aufwärts fünfzig gedacht. Doch so wie es wirkte, würde er zu den Ältesten dort gehören. Spontan gefiel ihm das sehr, denn es versprach frische Energie. Plötzlich fiel ihm auf, dass er sich für das Mantrasingen eingetragen hatte, weil er Musik liebte, aber bisher kein einziges Mantra kannte.

Trotz der vielen Videos auf der Seite fand er keines, dass zeigte, wie sie Mantras sangen. Also begann er eine neue Suche nach Videos zu Mantren. Alles was er fand, wirkte exotisch. Zuerst fand er das Video einer Touristin, die in Indien halb nackte Männer mit langen wilden Haare dabei gefilmt hatte, wie sie wie im Rausch Mantren sangen. Im nächsten Video waren asiatische Männer mit kahlen Köpfen und orangen Gewändern zu sehen. Sie schienen deutlich geordneter als die wilden Inder. Schließlich fand er ein Video mit mehreren jungen Frauen, die wie Hippies gekleidet waren. Sie waren schön, war das erste, was er dachte. Dann hörte er genau hin und war beeindruckt. Ihr mehrstimmiger Gesang fesselte ihn. Sie sangen A capella.

Ihre Stimmen drängten ihn, die Augen zu schließen, um voll in das Mantra eintauchen zu können. Zuerst waren seine vom Jazz geprägten Ohren irritiert. Es hatte nichts von den verwegenen Arrangements der alten Jazzbands, aber es war frei und hatte Weite, dachte er als zweites. Dann fiel ihm auf, dass er sich in den Silben fallen lassen konnte. Dieses Gefühl war es einst gewesen, dass ihn zum Jazz gebracht hatte und er war verwundert, es auch bei diesen Mantren fühlen zu können. Denn das war genau das Gefühl, das ihn zum Jazz geführt hatte und plötzlich ließ er wirklich für einen Moment los und vergaß den ganzen Familienstress.

Ein Sonnenstrahl fiel auf seine Augen, als er sie wieder öffnete und im gleichen Augenblick entließ sein Bauch entspannt die Luft und sog sich wieder voll. Er stoppte das Video und lächelte. Die Schwingung der Musik hielt noch einige Momente an und er genoss das Gefühl, wie sich die Klänge in die Stille des Proberaums auflösten.

"Ich bin bereit für ein Abenteuer", sagte er zu sich selbst.

Bevor er den Proberaum verließ, streichelte er sanft über seinen Kontrabass. Im Haus angekommen, ging er zuerst in die Küche und toastete sich einige Sandwiches und kochte sich Kaffee. Nebenbei sprang er kurz unter die Dusche und rasierte sich. Dann schnappte er sich frische Klamotten. Als er fertig war, setzte er sich an den Küchentisch und genoss die Sandwiches und den heißen Kaffee. Ein Blick auf die Uhr verriet ihm, dass er noch zwanzig Minuten hatte, ehe er losmusste.

Mit dem Auto war es ein Katzensprung zum Bahnhof. Die S-Bahn kam pünktlich und er genoss die Aussicht, bevor die grauen Schallmauern anfingen und ihm den Blick auf die Umgebung versperrten. Er holte die Kopfhörer aus der Tasche und begann Jazz zu hören, bis er aussteigen und in eine andere Bahn wechseln musste. Schließlich erreichte er den Alexanderplatz.

Die Karte auf seinem Handy führte ihn. Vom Alex musste er noch zwanzig Minuten laufen. Ein Blick auf die Uhr verriet ihm, dass er noch genügend Zeit hatte. Gemütlich schlenderte er an der Weltzeituhr vorbei und war überrascht, wie viele Leute unterwegs waren, obwohl die Geschäfte geschlossen waren. Die online Karte führte ihn durch ein Wohngebiet aus Hochhäusern. Endlich bog er in den Weg ein, an dessen Ende das Haus stehen sollte, falls ihn sein Handy richtig geführt hatte.

Der Bau sah unscheinbar aus. Zwischen den Wohnblöcken wirkte er klein. Nur die Schilder davor wiesen darauf hin, dass es sich um ein buddhistisches Zentrum handelte. Zu seiner Überraschung konnte er es einfach betreten. Zuerst fiel ihm das Café auf. Es war gut besucht. Doch er ließ es links liegen und ging auf den Hof. Der sah aus, wie auf der Internetseite. Es war ein kleiner Park, in dessen Mitte ein Gebilde aus Stein stand, das aussah wie ein Zylinder mit goldener Spitze. Ein Mann lief im Kreis um das Gebilde. Er beobachtete ihn einige Zeit. Nachdem der Typ schon sieben Runden um das Gebilde gelaufen war, fragte er sich, warum er das tat? Dann verwarf er den Gedanken, denn er musste den Raum finden, wo das Singen stattfinden sollte.

Das Haus erinnerte ihn an Bilder aus dem alten Rom. In dem Schulbuch seiner Tochter hatte er einen solchen Grundriss gesehen. In der Mitte war der offene Garten mit dem großen Sockel, um den der Mann lief und drum herum verlief das Haus. Die linke Seite des Hauses schien zum Café zu gehören, während die rechte Seite der Ort für das Spirituelle zu sein schien.

Er warf dem kreisenden Mann ein Lächeln zu, ging durch den kleinen Garten zu der verglasten Tür und trat ein. Überall hingen Poster und priesen Kurse, Retreats, spirituelle Reisen und Meditationen an. Der Leiter schien ein alter Mann zu sein. Von ihm lagen viele Bücher aus und wurden zum Verkauf angeboten. Eine ältere Dame sortierte einen Stapel Broschüren. Kurzerhand fragte er sie:

"Hallo", sagte er freundlich, "findet hier das Mantrasingen statt?"

Sie drehte sich um und wirkte auf einmal viel jünger, als es den Eindruck gemacht hatte, als er sie nur von hinten gesehen hatte. Sie war kaum älter als er selbst und auf ihre Art sehr attraktiv. Nur ihre selbstgestrickten Klamotten verwunderten ihn. Obwohl sie seinen abschätzenden Blick bemerkt zu haben schien, lächelte sie freundlich. Dann faltete sie ihre Hände vor der Brust und verneigte sich vor ihm. Danach wies sie ihn zum Ende eines langen Ganges, an dessen Ende eine Treppe in den Keller führen sollte. Die Verbeugung irritierte ihn immer noch, als er die Treppen hinunterstieg. Die Wände waren in dunklem Rot gehalten. Es gefiel ihm und sah anders aus als der helle Flur oben. Kleine, gerahmte Bilder zeigten Aufnahmen von Mönchen und Tempeln aus Asien. Es ging nur ein Stockwerk hinab, bis sich unten eine große Tür auftat.

Es ist wunderbar, war sein erster Gedanke. Auf dem Boden lagen dicke rote Matten und an den Wänden hingen schwere Vorhänge. Am Ende der kleinen Halle thronte ein kleiner, hüfthoher Altar, auf dem eine goldene Buddhastatue stand. Außer einem Mann mit Gitarre war niemand zu sehen.

"Hallo", sagte er beim Betreten, "bin ich hier richtig zum Mantrasingen?"

"Das bist du", sagte der, nachdem er aufgehört hatte auf seiner Gitarre zu zupfen, "zieh die Schuhe aus und dann erzähl mir, wie du zu uns gefunden hast."

Der Typ gefiel ihm und eine Sekunde später saß er neben ihm auf der Matte. Wenige Augenblicke später hatten sie sich gefunden. Er hatte kurz um die Gitarre gebeten und ein paar Riffs gespielt und dann von seiner kleinen Jazzband erzählt. Der Typ, der Markus hieß, war sofort Feuer und Flamme. Da der Kurs scheinbar später anfing, als im Internet stand, hatten sie noch fast vierzig Minuten Zeit. Nach kurzem gingen sie in die Tiefe und er erzählte ihm von seiner Ehekrise und wie sie sich auf seinen Bass ausgeweitet hatte.

"Ich hoffe unsere Mantren können dir das Tor zur Musik wieder öffnen!", sagte Markus lächelnd.

Dann begann Markus die Geschichte des Zentrums zu erzählen. Es war eine spannende Erzählungen voll harter Arbeit und Rückschlägen, bis sie es endlich geschafft hatten. Dann erzählte er kurz etwas über den Buddha, kam aber als nächstes direkt auf die Mantren zu sprechen. Bisher hatte er ein bisschen aus dem Internet recherchiert. Aber was Markus ihm erklärte, wirkt frisch und lebendig, auch wenn er nicht genau wusste, was er von der spirituellen Dimension halten sollte, über die Markus sprach.

Er war ein rationaler Mensch und im Osten aufgewachsen. Für spirituelles war da nie ein Platz gewesen. Nur in seiner wilden Sturm und Drangphase als er mit einigen Drogen experimentiert hatte, hatte ein alter Schulfreund ihn einige Zeit damit begeistert. Jedoch war diese Freundschaft wieder zerbrochen und sein Interesse verloren gegangen. Mantren sollten Tore zur spirituellen Dimension sein, die von den Buddhas erfunden worden waren, erklärte Markus. Als er dann seinen skeptischen Blick bemerkte, lachte er erst. Dann reichte er ihm ein kleines Heft, schlug eine Seite auf und schnappte sich seine Gitarre:

"Lass es uns probieren", schlug Markus vor, "wir nehmen das einfache Mantra Om Ah Hum. Wir singen es zusammen, du machst die Augen zu und spürst nach, ob sich in dir etwas öffnet."

Lächelnd nickte er und wiederholte in Gedanken die Silben. Dass es sich dabei um ein Mantra handelte, wunderte ihn. Es klang wie ein paar ganz gewöhnliche Silben. Dann wurde ihm klar, dass er hier war, um sich von seiner Ehekrise abzulenken und er gab seine kritischen Gedanken auf und schloss die Augen. Markus begann langsam auf der Gitarre zu spielen. Er zupfte einzelne Saiten und wechselte sanft zwischen den Akkorden. Dann fing er an zu summen.

Das erste Mantra aus Markus Mund irritierte ihn. Er wusste nicht, was er fühlen sollte. In seiner Vergangenheit hatte er die Spirituellen öfter belächelt. Jetzt saß er hier und war dabei, selbst einer dieser Spirituellen zu werden. Plötzlich tauchte ein Gedanke an seine Ex auf und dann entschied er sich, es auszuprobieren, als ihr weiter nach zu heulen. Noch einmal hörte er sich Markus an, der das Om Ah Hum sang und als das nächste kam, setzte er mit ein.

Es war leichter, als gedacht, war sein erster Gedanke. Es ging ihm sehr leicht über die Lippen. Kurz gingen seine Augen auf, um sich wieder zu erden. Markus saß da und zupfte mit geschlossenen Augen auf seiner Gitarre. Kaum dass das nächste Mantra begann, schloss er seine Augen wieder. Erneut sang er das Mantra und es fühlte sich einfach nur leicht und befreit an. Markus Stimme leitete ihn. Denn eigentlich war er nur der Mann am Bass. Auch wenn er ein gutes Gehör für Töne hatte, so sang er sehr selten. In diesem Moment wurde ihm klar, dass das ein Fehler gewesen war. Denn mit jeder Silbe des Mantras, die er sang, lösten sich innerlich Verkrustungen auf, durch die ein klares Licht drang.

Mindestens zehn Minuten mussten sie gesungen haben. Wahrscheinlich hätten sie einfach weitergesungen. Denn zwischen der Gitarre und ihren Stimme war die perfekte Konsonanz entstanden. Auf der Ebene der Töne waren sie zu einer perfekten Harmonie verschmolzen. Doch plötzlich riss sie ein anerkennendes Klatschen aus ihrer singenden Meditation.

"Judith!", sagte Markus überschwänglich.

"Ihr klangt gut", war ihre Antwort.

Dann stellte Markus sie einander vor und erzählte auch kurz, was ihn hergetrieben hatte. Ihre kurze Antwort war, dass Buddha alles Leiden heilen könnte. Während sie noch miteinander redeten, trafen die nächsten Leute ein. Er hatte nicht gewusst, wie viele zu so einem Mantrasingen kommen würden. Hätte man ihn gefragt, hätte er halb ernst gesagt: niemand. Doch ein Blick über seine Schulter verriet ihm, dass es schon mehr als zwanzig Leute waren, die sich Kissen suchten oder schon im Schneidersitz auf den Kissen saßen.

Markus wurde in Beschlag genommen. Gleich mehrere überschütteten ihn mit Fragen. Auch Judith schien wichtig zu sein, denn auch drei ältere Frauen fragten ihr Löcher in den Bauch. Das ganze endete erst, als Markus den Gong schlug. Plötzlich kehrte Ruhe ein. Wie ein geöltes Uhrwerk suchte sich jede:r einen Platz.

Einige Blätter wurden herumgereicht. Er warf einen Blick darauf. Ganz oben stand das Mantra, welches er mit Markus gesungen hatte. Darunter stand, dass es dazu diente, den Körper und den Geist spirituell zu reinigen. Unter diesem standen noch sechs weitere Mantren mit Erklärungen. Der Gong erklang ein zweites Mal. Er hielt das Blatt höher, um sich bereit fürs Singen zu machen. Zu seiner Überraschung blieb es ruhig.

Verwirrt guckte er sich um. Die anderen hatten die Augen geschlossen und die Hände im Schoss gefaltet. Auch Markus und Judith saßen so da. Kurzerhand machte er es ihnen nach und schloss die Augen. Es fühlte sich komisch an. Ihm war klar, dass sie meditierten. Für ihn war es das erste Mal, obwohl er sich daran erinnerte, wie seine Exfrau früher öfter meditiert hatte, um sich zu entspannen. Er wusste nicht, was er tun sollte. Aber die Ruhe war sehr angenehm. Erst da fiel ihm auf, dass jemand ein Räucherstäbchen angezündet hatte. Der Duft kitzelte seine Nase und für den Hauch eines Moments hatte er den Eindruck, in einem anderen Teil der Welt zu sein.

Der Gong ertönte erneut. Das Knistern und Rascheln der Kleidung der anderen Teilnehmer holte ihn zurück. Wie lange sie gesessen hatten, wusste er nicht, aber es hatte sich durchaus entspannt angefühlt. Endlich griffen alle nach den Blättern und Markus stimmte seine Gitarre nach. Zu seinem Erstaunen zauberte auch Judith aus einem Koffer eine Antik aussehende Geige.

Markus begann zu zupfen. Nur Judith spendete noch einige Worte, um den Ablauf allen klar zu machen. Dann legte sie los. Sie war leise, war das erste, was ihm auffiel. Das war nicht experimenteller Jazz oder wilde irische Musik. Ihre Töne waren leise und lang und hatten Tiefe. Markus setzte als erster mit den Silben des Mantras ein und wie auf Knopfdruck stiegen alle ein. Es fühlte sich so an, als ob er der Einzige war, der nicht mitsang. Er gab sich einen Ruck und stieg ein.

Judiths Melodie passte perfekt zu dem Mantra. Sie sangen es fast vierzig mal. Dann gab es eine kleine Pause und sie wechselten zum nächsten. Judith spielte eine neue Melodie und Markus wechselte in seine Lieblingsmolltonart. Die Gruppe sang mit, als ob sie ein gut eingespielter Chor wären. So ging es weiter bis sie alle Mantren durch gesungen hatten. Still packte Judith ihre Geige ein und auch Markus legte seine Gitarre zur Seite. Lächelnd ließ er seinen Blick über die Gruppe schweifen, dann schlug er den Gong und wieder schlossen alle die Augen.

Mittlerweile fühlte er sich als Teil der Gruppe und wusste instinktiv, dass sie wieder meditieren würden. Um ihn herum breitete sich Stille aus. Es war angenehm. Doch dann fiel ihm das Gefühl in seinem Unterbauch auf. Es fühlte sich warm und offen an. Er kannte das Gefühl. Manchmal bei guten Konzerten mit seiner Band hatte er dasselbe gefühlt. Das Beste daran war, dass er plötzlich an seine Frau denken konnte, ohne dass es schmerzte. Vielleicht war es wirklich aus und vorbei oder auch nicht und sie würden sich wieder zusammenraufen. Aber das zählte in diesem Moment nicht. Denn was er gespürt hatte, war ein Ausweg aus seiner emotionalen Misere. Endlich gab es ein Licht am Ende des Tunnels und alles, was er dafür tun musste, war zum Mantrasingen zu gehen.

Gudrun

Seit Wochen war sie die Einzige, die noch zum Gottesdienst kam. Das einzig neue Gesicht war der junge Pastor, den sie ihrer kleinen Gemeinde vor kurzem geschickt hatten. Schmerzhaft erinnerte sie sich an den Skandal, der dazu geführt hatte, dass der alte Pastor gehen musste. Bis heute wusste sie nicht, was sie davon halten sollte. Doch sie war die Einzige, die geblieben war.

Am schlimmsten war die Presse gewesen, nachdem die Missbrauchsvorwürfe gegen ihren alten Pastor publik geworden waren. Wochenlang hatten sie vor der Kirche kampiert, bis die Diözese sich dem Druck gebeugt und den Pfarrer ausgetauscht hatte. Sie wusste bis heute nicht, was sie von der ganzen Sache denken sollte. Den alten Pfarrer hatte sie seit mehr als zwanzig Jahren gekannt. Sie hatte ihn gemocht und sie war wöchentlich zu ihm in die Beichte gegangen. Er war immer freundlich gewesen. Zwar war ihr aufgefallen, dass er sich besonders viel Mühe bei den jugendlichen Ministranten gegeben hatte, aber das er sich gleich an ihnen vergangen haben sollte, konnte sie bis heute nicht glauben.

Gerade beendete der junge Pfarrer seine Sonntagsrede und bat sie zur Kommunion. Schweren Herzens erhob sie sich. Das Gefühl allein nach vorne zu gehen, war grauenvoll. Lächelnd empfing er sie und gab ihr die Hostie. Zerknirscht nahm sie das Blut entgegen und ging zurück an ihren Platz. Dann sangen sie eines der Lieder aus den alten Büchern.

Der Frühling empfing sie, als sie die Kirche verließ. Der kleine Platz vor der Kirche war leer. Das machte sie froh. Denn die Tage im kalten Januar, als die Journalisten sie vor ihrem sonntäglichen Kirchenbesuch jedes Mal abgefangen und befragt hatten, waren grauenvoll gewesen. Sie entschied sich, über den Markt nach Hause zu gehen.

Sie mochte diese Jahreszeit. Vielleicht gab Gott ihnen eine neue Chance. Die Krise war groß, um nicht zu sagen, sie war existenziell. Auch vor dem Skandal hatten sich meist nicht mehr als zwanzig Leute zum Gottesdienst eingefunden. Der Großteil von ihnen waren Ausländer aus Osteuropa oder alte Leute wie sie. Das hatte sie schon traurig gemacht, denn wie gern erinnerte sie sich daran, als in ihrer Kindheit die Kirche stets rappelvoll gewesen war. Doch jetzt war sie die letzte Treue, die sich jeden Sonntag blicken ließ.

Die weißen Schneeglöckchen waren schon verblüht, aber die purpurnen Krokusse malten noch schöne Bilder auf die weiten Wiesen. Sie lief über die kleine Brücke, hinter der die Einkaufspassage begann, die bis zum Markt führte. Hier in der Altstadt wirkte das Leben immer so, als ob alles noch in Ordnung wäre. Sie liebte dieses Gefühl und atmete durch, bis eine bekannte Stimme sie aus ihren Gedanken riss.

„Hallo Gudrun. Es ist schön dich zu sehen. Kommst du gerade aus der Kirche?"

Sie drehte sich um und lächelte ihre alte Freundin an. Sie war zwar fast zehn Jahre jünger als sie, aber sie kannten sich seit sehr vielen Jahren. Vor dem Missbrauchsskandal und den schockierenden Details, die in den Nachrichten breitgetreten worden waren, hatten sie sich jeden Sonntag in der Kirche getroffen. Sie erinnerte sich noch an ihre wunderschöne Singstimme.

„Grüß Gott Simone", antwortete sie ihr mit einem Lächeln, „ja ich komme aus der Kirche. Der neue Pfarrer ist Klasse. Du solltest mal wieder vorbeikommen!"

Simone lächelte verlegen. Statt auf ihre Einladung zu reagieren, nahm sie plötzlich eine Matte aus ihrem Rucksack und hielt sie ihr entgegen. Sie erklärte ihr, dass das ihre neue Yogamatte war. Dann begann sie von dem neuen spirituellen Zentrum zu schwärmen, welches in der alten Brauerei aufgemacht hatte. In blühendsten Farben beschrieb sie, wie es ihr Leben positiv verändert hatte.

„Die bieten täglich Yogakurse und Meditation an und das ohne teuer zu sein. Kannst du das glauben Gudrun?"

Yoga und Meditation sagten ihr gar nichts, auch wenn sie im Fernsehen in einer Reportage schon einmal die Wörter gehört hatte. Das Strahlen in Simones Augen irritierte sie jedoch noch mehr als die Yogamatte. Sie konnte sich nicht daran erinnern, ob sie ihre alte Freundin jemals während eines Gottesdienstes so glücklich gesehen hatte. Dennoch war sie nicht bereit, so schnell aufzugeben:

„Das klingt toll Simone, aber ich würde mich trotzdem freuen, wenn du mal wieder mit mir in die Kirche gehst."

Simone sah sie lächelnd an. Sie wusste, dass sie aus einem guten Elternhaus kam. Ihre Stadt war klein, auch wenn in den letzten Jahren viele Neue hinzugezogen waren. Aber sie erinnerte sich dennoch an Simones Eltern, die jeden Sonntag anständig angezogen in der Kirche mit ihren drei Kindern erschienen waren. Ihr Vater hatte auch immer geholfen, wenn in der Kirche etwas repariert werden musste. Dennoch überraschte sie Simones Vorschlag:

„Wie wäre es damit. Ich komme nächsten Sonntag mit dir in die Kirche und du gehst am Nachmittag mit mir zu dem neuen spirituellen Zentrum und belegst mit mir einen Kurs für Yoga und Meditation?"

Was für eine Schlange, dachte sie. Doch sie bereute ihre Worte sofort. Denn sie wollte nicht schlecht über ihre Mitmenschen denken. Simones Vorschlag klang verrückt, aber zugleich war er fair. Denn sie wollte etwas von ihr und dafür wünschte sich Simone, dass sie zusammen zu dieser Meditation gingen. Das konnte nicht schlimmer sein, als noch einen Sonntag allein in der Kirche zu sitzen und so gäbe es die Möglichkeit, dass sich ihre alte Freundin Simone an die guten Zeiten erinnerte und wieder regelmäßig zum Gottesdienst kommen würde.

„Meine Liebe ich würde deinen Vorschlag gern annehmen, aber leider habe ich keine Yogamatte."

Simone begann wie die Frühlingssonne zu strahlen. Sie nahm die Hand ihrer alten Kirchenschwester und sagte:

„Das ist kein Problem. Du kannst meine alte Yogamatte haben!"

Schachmatt, dachte Gudrun. Sie fühlte sich an die Wand gestellt. Sie hatte die Wahl zwischen der Einsamkeit in der Kirche oder dem neuen spirituellen Zentrum. Bisher hatte sie sich keine Meinung zu diesem Zentrum gebildet. Aber sie erinnerte sich daran, wie der alte Pfarrer dagegen gewettert hatte und es gleich mehrmals als einen Ort des Antichristen bezeichnet hatte, der schnellstens verboten gehörte. Sie hatte ihm geglaubt. Schließlich war er ein heiliger Mann. Doch die Politik war etwas für Männer, hatte ihr Vater immer gesagt, deswegen hatte sie sich nicht weiter den Kopf über das neue spirituelle Zentrum zerbrochen.

Jetzt musste sie sich diesen Kopf zerbrechen. Denn der alte Pfarrer hatte einmal wild getobt und geschworen, dass jeder der dahinginge, sich der Blasphemie schuldig machte. Schon damals hatte das einen kleinen Skandal in der Stadt ausgelöst.

Sie kannte mindestens vier Leute, die danach nicht mehr zur Kirche kommen wollten, weil es für sie unvereinbar mit ihren moralischen Grundsätzen war, andere Religionen zu diskreditieren.

Viel wusste sie nicht über das spirituelle Zentrum. Einige Male war sie daran vorbeigegangen und hatte neugierig in die Schaufenster geguckt. Es sah ganz harmlos aus. Vor dem Zentrum gab es eine hüfthohe Statue, die auf einem Sockel stand, die einen Mann zeigen sollte, der Buddha hieß. Diesen Namen hatte sie aus dem Fernsehen gelernt. In einer ihrer Seifenopern war einmal ein Schauspieler nach Indien gereist, um buddhistischer Mönch zu werden. Wie sie wusste, war das nur die Art, wie sich die Schauspieler aus der Serie verabschiedeten.

Durch die großen Schaufenster hatte sie nur Matten auf dem Boden gesehen und einen Tresen, hinter dem eine junge Frau gesessen hatte. Nur einmal war sie vorbeigegangen, als gerade ein Kurs stattgefunden hatte. Das Publikum war erstaunlich jung gewesen und ganz anders als die Menschen, die in die Kirche kamen. Sie erinnerte sich daran, wie überrascht sie gewesen war, dass sich so viele junge Menschen für spirituelle Dinge öffneten, denn in der Kirche waren die meisten Leute Rentner und seit mehr als einem Jahrzehnt hatte sie schon den Eindruck, dass kaum noch junge Menschen zu ihnen kamen.

Als sie zuhause ankam, verwarf sie die Gedanken. In der Küche machte sie sich Tee und schmierte sich ein paar Brote. Dann setzte sie sich vor den Fernseher. Am Sonntag liefen ihre Seifenopern nicht, aber es gab genug zu sehen und abends gab es zum Glück den neuen Tatort. Sie hoffte, dass er diesmal etwas klassischer wäre und nicht so abgehoben wie am letzten Sonntag.

Die Woche startete mit Regen. Montag und Dienstag hingen dunkle Wolken am Himmel. Erst Mittwoch guckte die Sonne wieder raus und am Donnerstag strahlte sie von morgens bis abends. Das war auch der Markttag. Wie es zu Zeiten ihres Vaters gewesen war, ging sie auf den Markt neben dem Rathaus. Verkaufsstände gab es hier eigentlich jeden Tag. Sie boten billige Klamotten oder Waffeln an. Aber nur am Donnerstag kamen die Bauern aus dem Umland und verkauften die frischen Erzeugnisse ihrer Höfe. Diese schmeckten nicht nur besser als alles aus dem Supermarkt. Sie waren auch gesünder und günstiger.

Nach dem Frühstück studierte sie noch einige Prospekte aus dem Briefkasten und dann machte sie sich fertig für die Stadt. Als sie die Tür verließ, atmete sie befreit ein. An den Regentagen war sie ganz artig zuhause geblieben. Umso befreiender war die frische Luft. Zuerst lief sie zwischen den Häusern ihres Viertels entlang, bis sie zu der Unterführung kam, hinter der die Altstadt begann. Das Kopfsteinpflaster begrüßte sie mit dem Klackern ihrer Schuhe und der Markt war schon fast zu sehen, da fiel ihr plötzlich auf, dass sie die Straße des neuen spirituellen Zentrums entlanglief.

Sie wusste nicht mehr, warum sie heute diese Route genommen hatte. Meist nahm sie die Straße bei der alten Fleischerei. Dann sah sie die kleine Buddhastatue und das riesige Schaufenster des Zentrums und ihr fiel Simone ein. Im Hinterkopf war ihr die Abmachung mit ihrer alten Freundin noch in Erinnerung, aber seit Sonntagnachmittag hatte sie keinen Gedanken mehr daran verschwendet.

Neugierig blieb sie vor dem Zentrum stehen. Ihr Blick schweifte zu den großen Buchstaben über der Tür, die verkündeten, dass hier das neue spirituelle Zentrum war und jedes Wesen eingeladen war, mitzumachen. Das Wort Wesen irritierte sie. Es klang fast so, als ob sogar Hunde und Kühe mitmachen könnten. Dann ließ sie ihren Blick durchs große Schaufenster schweifen.

Mindestens ein dutzend Teilnehmer verrenkten sich auf ihren Yogamatten. Die meisten waren jung. Damit hatte sie gerechnet. Dennoch sah sie auch drei bekannte Gesichter. Das eine gehörte Simone. Zu ihrer Überraschung waren auch Karl-Heinz und Petra da. Die beiden waren genauso wie Simone früher jeden Sonntag in die Kirche gekommen und hatte immer bei den Festen geholfen. Sie erinnerte sich an Petras Streuselkuchen, welchen sie immer gebacken hatte, wenn sie vor der Kirche einen Flohmarkt gemacht hatten. Kurz stieg etwas Wehmut in ihr auf, doch er wurde sofort weggewischt, als sie bemerkte, wie glücklich die beiden aussahen.

Karl-Heinz strahlte. Auch wenn er in seinem Sportanzug ein wenig merkwürdig aussah, so war nicht zu übersehen, wie sehr er strahlte, während er sich verrenkte. Sie erinnerte sich zwar, dass Petra immer sehr viel gelächelt hatte, aber sie konnte sich nicht erinnern, dass Karl-Heinz in der Kirche jemals gelächelt hatte.

Sie riss sich los, denn sie wollte es vermeiden, dass die beiden von drinnen bemerkten, wie sie ihre Nase ans Fenster drückte. Plötzlich traf sie ein Regentropfen auf die Stirn. Sofort kramte sie in ihrem Korb nach dem Regenschirm. Dann setzte sie ihren Weg zum Markt fort. Es begann zu nieseln. Ein kleiner Schleier ergoss sich über der Stadt und der Himmel tränkte sich in tiefes Grau.

Obwohl sie alles auf dem Markt bekam und sogar noch einige günstige, selbstgemachte Marmeladen kaufte, konnte sie sich nicht darüber freuen. Ihre alten Weggefährten gingen ihr nicht aus dem Kopf. Besonders mit Petra verband sie viele Erinnerungen. Seit Wochen hatte sie nicht mehr an ihre alte Kirchenschwester gedacht. Es schmerzte zu wissen, dass sie jetzt im neuen spirituellen Zentrum war und dort auch sehr glücklich zu sein schien.

Der Regen blieb über der Stadt hängen. Mit dem warmen Tee in der Hand saß sie am Küchenfenster und starrte in den Himmel. Dort oben wohnte Gott. Daran hatte sie keinen Zweifel. Ihre Großmutter hatte ihr das als kleines Kind immer gesagt, bevor sie sie eines Tages tot im Bett gefunden hatte. Auch wenn es ein Schock war, ihren toten Körper zu finden, so hatte sie gelächelt, denn es hieß, dass ihre Seele zu Gott in den Himmel geflogen war. Keinen Tag in ihrem Leben hatte sie daran gezweifelt.

Sie zweifelte noch immer nicht. Gott war wahr und er war wahre Güte. Doch sie fragte sich, warum er solche Zentren schuf; denn wer außer ihm konnte sonst zugelassen haben, dass solch ein Zentrum entsteht. Kurz fiel ihr der alte Pastor ein, der geschworen hatte, dass solche Zentren die Orte des leibhaftigen Teufels wären. Nachdem was sie heute gesehen hatte, konnte sie das nicht glauben. Ihre Freunde waren gute Menschen und sie hatten glücklich ausgesehen. Vielleicht war es so, dass sie dort Gott auch nahe sein konnten, dachte sie, als sie einem Regentropfen hinterher sah, wie er langsam an ihrer Fensterscheibe hinunterlief.

Am nächsten Morgen war der Regen verschwunden und die Sonne lachte. In der Nacht hatte sie schlecht schlafen können. Sie hatte sich von einer Seite zur anderen gewälzt. Schließlich hatte sie sich entschieden, ihr Herz zu öffnen, wie es Gott von ihr erwarten würde. Sie hatte eine Abmachung mit ihrer alten Freundin. Nach den Wochen der Einsamkeit war das der erste Lichtblick und sie war nicht bereit sich diese Chance von irgendwelchen Vorurteilen kaputtmachen zu lassen. Sie war bereit für ein kleines spirituelles Abenteuer in dem neuen spirituellen Zentrum.

Die einzige Sorge, welche ihr blieb, war ihre körperliche Verfassung. Sie hatte seit Jahren keinen Sport gemacht, wahrscheinlich schon seit der Schule nicht mehr wirklich und das lag viele Jahrzehnte zurück. Damals hatte sie den Sport nicht gemocht. Die Jungs waren dort laut und hektisch und ihre Leistungen meist schlecht. Doch ihre Freunde hatten sich gestern ziemlich wild verrenkt. Sie hatte Angst, mit ihnen nicht mithalten zu können.

Die nächsten Tage verliefen gemütlich. Sie mochte ihren alten Trott. Es gab ihr das Gefühl der Sicherheit, wenn alles vorhersehbar war. Das war auch der Grund, warum sie trotz der Vorwürfe und der vielen Interviews mit Opfern des alten Pfarrers ihrer Gemeinde die Stange hielt. Ohne das Gefühl etwas zu haben, auf dass sie sich immer verlassen konnte, wusste sie nicht, wer sie in dieser Welt war.

Als dann Sonntag der Wecker klingelte, erwachte sie mit einem Lächeln. Auch wenn sie nicht mehr so gut besucht war wie vor dem Missbrauchsskandal, so war die Vorfreunde auf die Kirche jedes Mal groß. Endlich konnte sie die Menschen ihrer Gemeinde wiedersehen und sich mit ihnen verbunden fühlen. Weil die letzten Wochen so frustrierend gewesen waren, weil keiner außer ihr zur Messe erschienen war, freute sie sich heute umso mehr. Simone würde endlich wiederkommen.

Auf dem Weg zur Kirche lächelte sie und selbst die Sonne lachte. Kleine Wölkchen zogen über den blauen Horizont. Die Kirchenspitze tauchte auf und als sie näher kam, sah sie eine Person vor der Kirche stehen. Vor ein paar Jahren wäre das wenig überraschend gewesen, aber in diesen Tagen war das eine kleine Sensation. Ihr war klar, dass es nur Simone sein konnte. Dennoch begann sie zu lächeln, als sie der Kirche näher kam und Simones herzliches Lächeln erkennen konnte.

Wie immer sah ihre alte Freundin schick aus. Sie trug ein dezentes Kleid und schöne Schuhe. Früher hatte sie Simone oft beneidet, aber sich nie getraut, sie um Rat zu fragen.

„Grüß Gott Gudrun"; sagte Simone strahlend.

Sie lächelte und erwiderte den Gruß. Ohne länger zu zögern, griff ihr Simone unter den Ellenbogen und hakte sich ein. Wehmut stieg in ihr auf, denn das hatte sie früher auch immer gemacht. Ihre Freundin war noch immer die alte offene Frohnatur, nur ihre Kirchengemeinde war nicht mehr dieselbe.

Der Pfarrer begann zu lächeln, als er die beiden Frauen sah. Er war höchstens halb so alt wie sie und sie wusste, dass das seine erste Anstellung war und ihn die leere Kirche noch mehr fertig machte als sie. Auch wenn er wusste, dass das Fehlverhalten seines Vorgängers nicht seine Schuld war, so traf es ihn persönlich, dass sich nur ein paar Ohren jeden Sonntag seine Reden anhörten, an denen er sicher viele Stunden gefeilt hatte.

Die Messe war im vollen Gange und Simone strahlte immer noch. Endlich kamen sie zum Singen. Etwas von dem sie wusste, dass es Simone immer geliebt hatte. Die Orgel begann ihr Spiel und sie sangen zusammen die Psalmen und einige Lieder, welche der Pfarrer für heute vorbereitet hatte. Jede Silbe, die sie gemeinsam sangen, gab ihr das Gefühl, dass es noch Hoffnung gab.

Nach der Messe standen sie noch einige Zeit am Eingang der Kirche. Simone und der Pfarrer verstanden sich prächtig. Seitdem er da war, hatte sie mit ihm nicht so viel geredet wie Simone in einer halben Stunde. Sie erfuhr so viel neues über das Vorleben des jungen Pfarrers, dass sie das Gefühl bekam, ihn vorher gar nicht richtig gekannt zu haben. Schließlich verabschiedeten sie sich, wenn auch mit einem weinenden Auge, denn die Messe hatte ihr seit Monaten nicht mehr so gut gefallen.

„Es ist Zeit für deinen Teil der Abmachung", sagte Simone lächelnd und hakte sich wieder bei ihr ein, wie sie es früher immer getan hatte, als die Welt noch heil gewesen war.

Gemütlich liefen sie durch den kleinen Park, der an die Kirche grenzte. Als sie zu der kleinen Brücke kamen, die über den kleinen Fluss führte, machten sie kurz halt. Das Wasser sprudelte an den Steinen vorbei. Es bildeten sich kleine Wirbel. Dann zog sie Simone weiter, bis die Altstadt in Sicht kam.

Es war nur noch ein Katzensprung bis zum spirituellen Zentrum. Desto näher sie kamen, desto lauter wurden die Warnungen des alten Pfarrers in ihrem Ohr. Bisher hatte sie versucht, seine Warnungen zu ignorieren. Doch jetzt musste sie zugeben, dass sie begann, sich Sorgen um ihr Seelenheil zu machen. Mit dem jungen Pfarrer zusammen hatte sie bisher vier Pfarrer in ihrer Kirche überlebt. Nicht jeder von ihnen hatte es so drastisch ausgedrückt wie der letzte Pfarrer, dennoch hatten alle vier ihren Schäfchen gesagt, dass nur die Kirche ihnen Seelenheil bringen könnte und diese Aussage machte ihr in diesem Augenblick große Angst. Erst Simones Stimme riss sie wieder aus ihren Alpträumen:

„Träumst du Gudrun?", fragte sie beschwingt, „guck lieber nach vorne. Wir sind da!"

Zuerst sah sie die kleine steinerne Buddhastatue, die vor der großen, gläsernen Eingangstür stand. Dann fiel ihr das große Schaufenster auf, an dem sie sich Donnerstag die Nase plattgedrückt hatte. Simone beschleunigte währenddessen ihre Schritte. Ein schüchterner Blick zu ihr verriet ihr, dass sie noch glücklicher aussah als zuvor. Geradezu stürmisch riss Simone die gläserne Tür auf und verbeugte sich dann wie ein Portier in einem Luxushotel und zeigte ihr mit einer Handgeste, dass sie eintreten solle:

„Immer herein liebe Gudrun. Buddhas Weisheit wartet auf dich!"

Augen zu und durch, dachte sie bloß. Sie hatten eine Abmachung. Simone hatte ihren Teil eingehalten und sie würde sich schlecht vorkommen, wenn sie jetzt kniff. Also betrat sie trotz der warnenden Stimmen der alten Pfarrer das neue spirituelle Zentrum. Als erstes fiel ihr der Duft auf. Es roch frisch und zugleich lag etwas mysteriöses in der Luft. Es gefiel ihr. Etwas daran wirkte tatsächlich religiös, obwohl es nur ein Duft war.

Simone lief an ihr vorbei und steuerte direkt auf den Tresen zu. Hinter dem Tresen saß eine junge Frau, die kaum älter als zwanzig sein durfte. Ihre Kleidung war sehr sportlich und in ihrer Nase steckte ein goldener Ring. Ihre Zähne strahlten weiß, als ihre Lippen sich zu einem breiten Lächeln spreizten.

„Namaste Simone", sagte die junge Frau.

„Grüß Gott Gina", antwortete Simone glucksend.

Für einen Moment fühlte sie sich wie das fünfte Rad am Wagen. Als ob sie ihre Gedanken gelesen hatte, nahm sie Simone in diesem Augenblick in den Arm. Zuerst stellte sie ihr Gina vor und danach erzählte sie der Tresenfrau von ihrer Abmachung. Die staunte. Dann faltete sie die Hände vor der Brust und begrüßte sie.

„Ich freue mich Gudrun, dass du bei uns reinschaust. Ich hoffe, es gefällt dir. Gleich geht unser Einsteigeryoga los. Das dürfte das Richtige für dich sein."

Als nächstes bezahlte Simone für sie beide. Das überraschte sie zuerst. Sie hatte nie darüber nachgedacht. Denn die Kirche kostete nichts, obwohl natürlich erwartet wurde, dass jeder etwas in den Klingelbeutel schmiss, der am Ende jeder Messe rumging. Auch Simone hatte heute einen Schein in den Klingelbeutel geschmissen. Ihr Vater hatte ihr einst erklärt, dass es dabei nicht darum ging, die Kirche zu finanzieren, da der Staat die Kirchen bezahlte, sondern es ging darum zu lernen, etwas zu geben und um nicht am Geld zu kleben.

Simone führte sie in einen Umkleideraum. Zu ihrer großen Überraschung war Petra auch da. Seit Monaten hatte sie nicht mehr mit ihrer alten Freundin geredet. Als sie den Umkleideraum betraten, hatte Petra ihnen den Rücken zugewandt und sie hatte einen Augenblick Zeit, um sich auf ihr Wiedersehen vorzubereiten. Plötzlich drehte sie sich um und bekam große Augen:

„Gudrun! Du hier?", dann lachte sie und nahm sie in den Arm.

Es fühlte sich echt an. Unter normalen Umständen wäre das nichts besonderes gewesen. Doch die letzten Monate saßen ihr tief in den Knochen. Gerade als Petra am festesten zudrückte, spürte sie den Stich der Einsamkeit in ihrem Herzen. Sie hatte es sich wochenlang schön geredet, aber als Petras warmer Körper weich und fest an sie drückte, wurden ihre Augen feucht. Plötzlich streichelte auch Simone ihre Schulter und es fühlte sich so an, als wäre sie in ihrem alten Kreis willkommen geheißen worden. Das Gefühl war schön, vor allem war es echt.

Simone reichte ihr eine Yogamatte und sagte, das wäre ihre Alte. Wie sie meinte, sei sie von ihren vielen Übungen bereits spirituell aufgeladen. Petra lachte, als sie das sagte, doch der Glanz in Simones Augen wirkte so, als ob sie es ernst meinte. Dann packte sie ihre Sportsachen aus. Vor Jahren hatte es beim Aldi im Viertel einmal ein Angebot gegeben und sie war schwach geworden. Seitdem hatte sie die Sachen kein einziges Mal getragen.

Petra zeigte ihr einen Schrank neben ihrem. Sie zog ihre alte Hose und die Bluse aus. Dann griff sie sich die Leggings von Aldi. Es wunderte sie, denn sie war nicht mehr davon ausgegangen, sie je anzuziehen, noch unwahrscheinlicher war gewesen, dass sie damit jemals Sport machen würde und dann ausgerechnet Yoga, etwas dass sie bisher nur im TV gesehen hatte. Es war eine Sportart für junge Leute, hatte sie immer gedacht und jetzt stand sie kurz davor, es selbst zu tun. Jung war sie definitiv nicht mehr. Hätte sie Kinder gehabt, dann wäre sie mittlerweile schon Oma.

Simone riss sie mit einem Kompliment über ihr sportliches Outfit aus ihren Gedanken. Tatsächlich musste sie lächeln und fühlte sich geschmeichelt. Petra erinnerte sie daran, dass es in fünf Minuten losgehen würde und sie dringend in den Übungsraum mussten. Sie folgte ihren beiden Freundinnen.

Zu ihrer Überraschung war auch Karl-Heinz da. Lächelnd begrüßte er sie. Normalerweise war das ein ganz normaler Vorgang. Doch sie konnte schwören, dass sie ihn in den letzten zehn Jahren kein einziges Mal sonntags in der Kirche hatte lächeln sehen. Doch hier strahlte er glücklich, als ob er bereits im Himmelreich wäre.

Simone zeigte ihr, wie sie die Matte hinlegen musste. Gina, die Frau vom Tresen kniete vorne und sah sich die kleine Gruppe an. Es waren mehr als zwanzig, die sich ihre Matten zurechtlegten. Dann ergriff Gina das Wort und begrüßte alle. Sie erklärte, dass sie erst mit dem Sonnengruß anfangen würden. Danach kämen mehrere Übungen dran. Dann machte Gina eine Übung vor für alle, denen die Übungen zu schwer waren, die sie die Kindhaltung nannte. Am Ende des Yoga würde sie eine Ruheübung machen und zum Schluss würde sie eine kleine buddhistische Meditation anleiten.

Bereits der Sonnengruß war anstrengend. Sie hatte seit Jahren keine Gymnastik gemacht und sie spürte plötzlich Muskeln in ihrem Körper, die sie seit Ewigkeiten nicht mehr wahrgenommen hatte. Dennoch kämpfte sie sich tapfer durch die ersten drei Verrenkungen. Bei der vierten gab sie auf und ging in die Kindhaltung über, weil es ihr einfach zu anstrengend war. Nach einer fünfminütigen Pause stieg sie wieder ein. Zu ihrer großen Überraschung klappte es auf einmal wunderbar und sie hielt bis zur Ruheübung durch.

Sie lag auf Simones Yogamatte und guckte an die Decke. Der Schweiß perlte auf ihrer Stirn, aber ihr Atem fühlte sich befreit an. Obwohl ihr Körper aus mehreren Stellen meldete, dass er erschöpft wäre, so war es dennoch ein angenehmes Gefühl. Die Wogen energetischer Wellen wirbelten etwas in ihrem Körper auf. Sie lagen ruhig fünf Minuten einfach nur da. Dann klatschte Gina in die Hände:

„Es ist Zeit für unsere abschließende Meditation."

Ein Ruck ging durch die Menschen auf den Yogamatten. Alle richteten sich auf und setzten sich in den Schneidersitz. Auch Petra und Simone setzen sich so hin, also folgte sie ihrem Vorbild. Gina hatte sich vorne auch kerzengerade hingesetzt.

„Für die von euch die neu sind", erklärte Gina, „und für die, die zum ersten Mal meditieren. Es geht nicht darum irgendwas zu erreichen oder sich anzustrengen. Konzentriert euch einfach nur auf eure Atemzüge. Das ist eure einzige Aufgabe für die nächsten zehn Minuten."

Augenblicklich schlossen alle die Augen und verschränkten die Hände im Schoss. Sie atmete tief ein und schloss auch ihre Augen. Sofort wirkte es, als wäre sie ganz woanders. Da war ihr Körper, welcher immer noch erschöpft war, sich aber zugleich wie neu geboren anfühlte. Dann konzentrierte sie sich auf die Meditation, denn Gina hatte gesagt, sie solle sich auf ihren Atem konzentrieren.

Zuerst fiel ihr das Heben ihrer Bauchdecke auf. Sie senkte sich eintönig. Plötzlich tauchte auch das Gefühl in ihrer Nase auf, wie der Atem durch ihre Nase in ihre Kehle eindrang. Sie folgte ihrem Strom, wie er in ihren Bauch floss und dort kurz anhielt, bevor er sich wieder nach oben schlängelte und angewärmt ihre Nase wieder verließ. Die zehn Minuten vergingen langsam. Dennoch folgte sie konzentriert ihrem Atem. Zu ihrer Freude wirkte es entspannend und sie bekam das Gefühl echter Tiefe.

Einige Augenblicke später fand sie sich in der Umkleide zwischen ihren Freunden wieder. Sie wusste noch immer nicht genau, was sie von den Gefühlen halten sollte, die ihr während der Meditation gekommen waren. Definitiv waren sie tief gewesen und sie erinnerten sie an die Momente, wenn sie allein in der großen Kirche gesessen und sich dieses Gefühl von spiritueller Größe eingestellt hatte. Das verwirrte sie, denn sie hatte nie geglaubt, dass solch ein erhabenes Gefühl außerhalb einer Kirche möglich war. Doch jetzt hatte sie es hier in der Mitte ihrer Freunde erfahren.

„Kommst du noch mit zum Kaffee zu mir?", fragte Simone unerwartet. Statt zu antworten, stammelte sie etwas völlig unverständliches. Unerwartet schlang sich ein Arm um ihre Schultern. Sie brauchte einen Moment, um zu realisieren von wo er gekommen war. Als sie sich umdrehte, sah sie in das strahlende Gesicht Petras. Sie drückte sie fest an sich und erklärte:

„Natürlich kommt Gudrun mit. Deine selbstgebackenen Kuchen sind eine himmlische Offenbarung. Das darf sie auf keinen Fall verpassen."

Sie erinnerte sich nicht mehr, wie sie zugestimmt hatte. Erst als sie die frische Luft vor dem spirituellen Zentrum wieder aufgeweckt hatte, hatte sie realisiert, wie sie mit ihren alten Freunden durch die Altstadt schwadronierte. Es fühlte sich gut an. Dann betraten sie ein Treppenhaus und dann wurde ihr klar, dass sie noch nie bei Simone zu Hause gewesen war, obwohl sie sich schon seit so vielen Jahren kannten.

Zuerst fiel ihr die Türmatte vor ihrer Wohnungstür auf. Auf ihr stand der Spruch: Lächel und die Welt verändert sich. Daneben war ein meditierender Steinbuddha abgebildet. Drinnen sah es gemütlicher aus, als erwartet. Vor allem roch es interessant. Sie wusste nicht, was es war, aber es duftete exotisch. Im Flur hingen bunte Wimpel an der Decke mit einer Sprache, die sie nicht verstand. Als Karl-Heinz ihren Blick bemerkte, erklärte er ihr, dass sie aus Tibet dem Dach der Welt kämen.

Überall standen Buddhastatuen herum und an den Wänden hingen Bilder von Buddhas oder asiatischen Menschen mit kurzen Haaren und orangen Kutten. Das einzige was fehlte, war ein Kreuz. Bei ihr hing eins im Flur und eins in ihrem Schlafzimmer, damit sie nie die Schmerzen vergaß, welche der Gottessohn für sie auf sich genommen hatte. Doch hier fehlte es völlig, so als ob Simone nie zur Kirche gegangen war.

Die Stimmung war heiter. Die drei scherzten pausenlos und waren sehr entspannt. Sie hatte sie nie in der Kirche so erlebt, aber das lag vielleicht daran, dass sie nie zu einem der drei nach Hause gegangen war. Schmerzlich wurde ihr bewusst, dass sie keinen der drei jemals außerhalb der Kirche getroffen hatte. Das hier war das erste Mal und es fühlte sich wunderbar an.

Statt eines Tischs mit Stühlen hatte Simone Sitzkissen auf einem flauschigen Teppich ausgelegt. Petra und Karl-Heinz setzten sich, ohne zu zögern. Sie selbst wusste nicht, was sie tun sollte. Sie war Stühle gewohnt und hatte noch nie auf einem Sitzkissen gesessen. Aber da sie nicht auffallen wollte, setzte sie sich auf das Sitzkissen bei der Heizung. So konnte sie sich trotzdem noch leicht anlehnen. Ihre Knie knacksten laut, als sie sich bückte, um ihren Hintern auf dem Kissen zu platzieren.

Simone verschwand. Petra und Karl-Heinz begannen sich zu unterhalten. In der Kirche hatten sie nie viel miteinander geredet. Eigentlich hatten sie dort immer nur auf den alten Holzbänken gesessen, dem Pfarrer zugehört und Lieder gesungen. Aufmerksam hörte sie zu. Zu ihrer Überraschung redeten sie nur über religiöse und spirituelle Dinge. Leider hatte es nichts mit den Dingen der Kirche zu tun und so wusste sie nicht, was sie dazu sagen sollte. Es drehte sich um Dinge wie Yoga, den Buddha und Weisheit. Besonders Karl-Heinz schien sich sehr für dieses Thema zu interessieren. Das verwunderte sie, denn das hätte sie ihm nie zugetraut.

„Wusstest du", sprach sie Petra plötzlich an, „dass Karl-Heinz für zwei Monate in Nepal in einem buddhistischen Kloster gewesen ist und dort wie ein Mönch gelebt hat."

Das Wort Mönch ließ ihre Augen funkeln. Mönche waren heilige Männer. Erst als er zu erzählen begann, fiel ihr auf, dass es nichts mit den Mönchen der Kirche zu tun hatte.

„Ich weiß gar nicht, wie buddhistische Mönche leben", gab sie zu.

Karl-Heinz Augen weiteten sich und seine Zunge fing Feuer. Voller Begeisterung erzählte er, wie ihn ein Freund, den er bei einem Retreat im Schwarzwald kennengelernt hatte, angerufen hatte und erzählt hatte, dass er dorthin fahren wollte. Da Karl-Heinz in Altersteilzeit war, hatte er mit seiner Firma verhandelt und sie hatten ihn zwei Monate freigestellt. Dann erklärte er, dass es das größte Abenteuer seines Lebens gewesen war und er zum ersten Mal wirklich den Blick für das höhere Sein und die mystische Dimension gefunden hatte.

Das Leuchten in seinen Augen verriet ihr, dass er jedes Wort ernst meinte. Was auch immer er in Nepal erlebt hatte, seine Seele schien Feuer gefangen zu haben. Petra stachelte ihn an, mehr zu erzählen. Das befeuerte Karl-Heinz noch mehr und wovon er dann sprach, ließ bei ihr jeden Zweifel schwinden, dass er wirklich ein solches Erweckungserlebnis gewonnen und tiefen Eingang in die mystische Dimension gefunden hatte. Baff lauschte sie, bis Simone freudestrahlend mit einem großen Tablett zurückkam.

„Ich hoffe, ihr amüsiert euch", lachte sie und stellte das Tablett auf den Tisch. Dann verschwand sie wieder und kam kurz darauf mit einer Kanne zurück. Sie verteilte Teller und Tassen. Dann goss sie ein, während sie Gudrun erklärte, was für exotische Dinge sie erwarteten:

„Das sind Momos. Ich habe sie gestern Abend gemacht. Sie kommen aus Tibet und sind in der ganzen Himalayaregion sehr beliebt. Ich habe sie mit verschiedenen Dingen gefüllt. In einigen sind Shiitake Pilze, die sind in China sehr beliebt, und in den anderen ist Seitan und Brokkoli. Der Tee ist natürlich Yogitee. Falls du Lust hast, kannst du etwas Sojamilch reingießen. Das rundet das Aroma ab."

Kaum dass sie ihre Gäste versorgt hatte, setzte sie sich auf eines der leeren Sitzkissen und schaufelte sich ein halbes Dutzend Momos auf ihren Teller.

Anfangs war es sehr ruhig, während sie aßen. Genüsslich schmatzten sie die kleinen tibetischen Delikatessen. Zu ihrer Überraschung schmeckten sie sehr gut. Selbst der Yogitee erzeugte Glücksgefühle, als er sanft die Kehle runterfloss. Langsam füllten sich die Mägen und die Gespräche setzten wieder ein. Karl-Heinz gab noch einige Geschichten über seine Zeit als buddhistischer Mönch preis. Dann schwenkten sie zum spirituellen Zentrum über. Jede:r der drei erzählte von ihren Erfahrungen und was für Gastlehrer*innen in den nächsten Monaten erwartet wurden. Neugierig lauschte sie jedem Wort ihrer alten Kirchenfreunde. Stumm saß sie während der ganzen Zeit da, bis sich Simone zu ihr wandte und fragte:

„Kommst du jetzt öfter mit ins spirituelle Zentrum?"

Ohne lange zu zögern, entwich ihrer Kehle: „Ja, das will ich!"

Marie

„Gib mal die Flasche rüber!", rief Marie lallend.

Anna nickte und schnappte sich die Flasche Gin, torkelte zu Marie und drückte ihr die Flasche in die Hand. Die griff zu und trank den Rest, ohne Luft zu holen.

„Du bist verrückt!", schrie Anna lachend.

Die Straßenbahn hielt und sie verließen schwankend die gelbe Bahn. An der Haltestelle warteten ihre Freunde. Max umarmte sie lachend und drückte ihnen eine frische Flasche mit hochprozentigem Pfeffi in die Hand. Marie setzte sie an die Lippen und kippte ein Viertel der Flasche auf Ex runter.

„Ahh", stöhnte sie, bevor sie laut rülpste. Alle lachten. Die Flasche wurde herumgereicht und nebenbei einige Biere geöffnet. Eine Minute später war der Pfeffi leer getrunken. Max sprintete los. Denn ihr Ziel war Kreuzberg. Bereits auf der Oberbaumbrücke war endlos wildes und buntes Volk unterwegs. Die Massen strömten über die Straßen und tanzten. Laute Musik kam aus großen Boxen.

Max war wie immer der Wildeste. Er sprang wild vorneweg. Mal tanzte er allein und mal mit wildfremden Leuten. Zwei Mädchen blieben kurz hängen. Max nahm sie am Arm und tanzte mit ihnen wild im Kreis wie ein Schamane ums Feuer. Es folgten wilde Zungenküsse, bevor seine Schwester Jasmin ihn von den beiden wegzog. Allerdings schaffte sie es erst, als Tim und die kleine rothaarige Sophie mithalfen.

Der Inhalt der Bierflaschen hatte sich längst in Luft aufgelöst. Um nachzutanken, steuerten sie den nächsten Späti an. Obwohl sie zu sechst waren, hatten sie nicht viel Geld, also kauften sie sich das, was am besten knallte und am wenigsten kostete. Mit zwei Flaschen klarem Obstschnaps kamen Tim und Anna aus dem Späti raus. Sie wurden mit würdigem Applaus begrüßt. Max hatte derweil schon wieder neue Freunde gefunden.

Mit einer Gruppe junger Mexikaner tanzte er im Kreis zu lauter Musik, die aus den Musikboxen des Spätis kam. Bevor er sich losriss, schnorrte er ihnen noch zwei Flaschen Bier und Zigaretten ab. Dann tauchten sie wieder in den Strom der Masse ein. Mit dem wilden Volk näherten sie sich dem Zentrum Kreuzbergs.

Animiert von Max wilden Tanzeinlagen und enthemmt vom Alkohol tanzten sie schon, bevor sie die erste Bühne am Kotti erreichten. Harter Punk knallte ihnen aus den großen Boxen vor der Szenekneipen entgegen. Das Publikum hatte bunte Haare und Nieten. Vor der Bühne wurde gepogt und Max quetschte sich wie ein Irrer ohne Rücksicht durch die Menschenmasse, bis er im Moshpit war.

„Er hat eine wahnsinnige Energie", schrie die kleine Sophie in Maries Ohr und traf einen Nerv. Er war verrückt, aber das war genau ihr Typ. Das einzige Problem war Jasmin, die sicher keine Lust hatte, ihnen beim Knutschen zu zusehen. Frustriert griff sie nach der Flasche Schnaps, die Tim festhielt und kippte einen Schluck runter. Es brannte, aber das war gut. Nicht nur dass es ihre Minderwertigkeitsgefühle weg brannte; es betäubte auch ihre gute Kinderstube.

„Du willst ihn auch?!", fragte Sophie, als sie sich die Flasche angelte. Marie schaute sie an. Sophie war noch nicht einmal achtzehn, aber bis ins Mark nymphoman. Als sie letztes Wochenende in einem Club auf der Warschauer gewesen waren, hatte sie sich ungehemmt von einem vierzigjährigen Typen abschleppen lassen und ihr dann die nächsten Tage die Ohren voll gejammert, wie grauenvoll sein alter Schwanz geschmeckt hatte. Sie drehte sich wieder zu Max um. Wie ein Verrückter sprang er durch die Gegend, trat und schubste die Menschen, die vor der Bühne wild zu der kreischenden Stimme des Sängers pogten.

Erst die genervten Augen seiner kleinen Schwester sorgten dafür, dass sich Max von der Punkbühne losriss. Als er zurückkam und Marie und Sophie sich immer noch an der Flasche Schnaps festhielten, umarmte er die beiden und gab jeder einen fetten Kuss auf die Wange. Kaum dass er sich umdrehte, um ein letztes Bad unter den Punks zu nehmen, konnte sich Marie nicht mehr zurückhalten. Angetrieben vom Alkoholrausch krallte sie sich an ihm fest. Er guckte sie verdutzt an. Sie zögerte nicht länger und rammte ihm ihre Zunge in den Hals. Er lächelte, stöhnte und ließ zu, dass sie mit ihrer Zunge um seine schlängelte. Plötzlich spürte Marie ein Gesicht, das sich an sie drückte. Kurz öffnete sie die Augen und erkannte Sophie, die hemmungslos ihre Zunge zwischen ihre und Max Zunge schob und diese abwechselnd leckte. Am Rand schweifte sie über ihre anderen Freunde.

Jasmins Augen funkelten vor Entsetzen. Sie wusste nicht, ob Jasmin wütend oder schockiert war; aber definitiv gefiel ihr nicht, was sie mit ihrem Bruder machten.

Nachdem sie ihre Zunge noch zwei Runden um die ihrer beiden Freunde hatte kreisen lassen, stieß sie sich von den beiden weg. Lächelnd stand Max da und leckte sich über die Lippen. Auch Sophie sah sehr zufrieden aus. Nur Jasmins Flüche störten ihre romantische Atmosphäre. Zu allem Überfluss fing auch Anna an zu meckern. Nur Tim stand wie üblich stumm daneben und sagte nicht viel. Verwirrt lief sie los.

Über den Köpfen der Menschenmasse sah sie die nächste Bühne. Es schienen irgendwelche Moslems zu sein, die versuchten zu rappen, um zu zeigen, wie toll sie waren. Als sie die Bühne erreichte, stellte sie sich neben die Boxen und ließ sich vom Bass streicheln. Plötzlich tauchte Max neben ihr auf. Mit breitem Siegerlächeln legte er seinen Arm um ihre Schultern. Das schlimmste daran war, dass es ihr gefiel. Schließlich tauchten auch die anderen auf. Jasmin machte noch immer ein Gesicht wie drei Tage Regenwetter. Aber davon wollte sie sich die Laune nicht verderben lassen. Sie hatte nichts verbotenes getan und mehr oder weniger waren sie alle erwachsen.

Der billige Rap nervte sie schnell. Also zogen sie weiter zu den nächsten Bühnen, bis sie zum Park kamen. Stände mit Fressalien und Getränken waren aufgebaut. Eine alte Frau verkaufte selbstgemachte Cocktails für einen Spottpreis. Max schmiss eine Runde und als sie in Windeseile die Becher gelehrt hatten, bestellte er sofort eine zweite.

Zwischendurch steuerten sie einen weiteren Späti an, um sich mit neuem Gin einzudecken. Max hielt derweil Abstand, nachdem er eine heftige Moralpredigt von seiner Schwester bekommen hatte. Bei der nächsten Bühne blieben sie fast eine Stunde lang. Es war gut gemachte Rockmusik mit vielen Coversongs. Was dazu führte, dass Max eng umschlungen mit Sophie tanzte.

Etwas später landeten sie auf einer Wiese. Tim hatte drei neue Flaschen Schnaps springen lassen; wohl um Annas verzweifelten Annäherungsversuchen auszuweichen. Die erste Flasche atmete ihre kleine Gruppe quasi weg und auch die Zweite überlebte nicht lange. Der Alkoholpegel stieg, Hemmungen fielen und die Hormone sorgten dafür, dass sich Max Lippen plötzlich wieder auf Maries befanden. Zu allem Überfluss stieg auch Sophie sofort wieder mit ein. Zu dritt rollten sie über den Boden und vergruben die Hände unter den Shirts der anderen.

Jasmin fluchte. Kurz hatte sie versucht, Max von Marie herunterzuziehen. Der hatte sie einfach weggestoßen, so dass sie unsanft auf ihrem Hintern gelandet war. Wütend war sie losgestürmt. Tim und Anna folgten ihr. Marie hatte es ignoriert. Denn Max Wildheit machte sie geil und Sophies sexuelle Offenheit gab den extra Kick dazu. Das einzige was sie störte, war, dass sie auf der Wiesen nicht übereinander herfallen konnten.

„Los", sagte sie, als sie sich kurz von den Zungen der beiden anderen lösen konnte, „wir gehen zu mir!"

Ein schmutziges Lächeln war Max Antwort. Spontan gab er ihr einen langen Zungenkuss, dann half er den beiden Mädels auf die Beine. Sie tauchten wieder in den Strom der Menschen ein. Mittlerweile war es dunkel und alles bewegte sich wie im Rausch. Der Alkohol war kurz davor Marie den

Magen umzudrehen. Aber als Max eine neue Flasche Gin kaufte, nahm sie den ersten Schluck.

Wie sie es in die U-Bahn und dann in die Tram geschafft hatten, wusste Marie nicht mehr. Aber irgendwie hatten sie es zu ihrer kleinen Wohnung geschafft und gerade versuchte sie das Schlüsselloch zu treffen, um reinzukommen. Hinter ihr knutschten Max und Sophie wie verrückt. Als der Schlüssel beim dritten Anlauf immer noch nicht passte, ging plötzlich die Wohnungstür auf. Ihre Mitbewohnerin Nora funkelte sie böse an:

„Ich muss morgen früh raus und arbeiten!", fluchte sie.

„Kein Problem", lallte Marie.

„Du bist schon wieder besoffen!", stöhnte Nora irritiert, „und wieso sind die hier?", fragte sie mit dem Blick auf Max und Sophie, die immer noch wild rumknutschten.

„Freunde", war Maries knappe Antwort, bevor sie Nora zur Seite drückte. Mühsam schleppte sie sich in ihr Zimmer und ließ sich ins Bett fallen. Alles drehte sich. Grölend kam Max ins Zimmer geschlendert und schleifte Sophie hinter sich her. Er ließ sich neben Marie ins Bett fallen. Sophie hingegen drehte völlig frei: Mit einem Satz sprang sie aufs Bett und begann es, wie ein Trampolin zu benutzen.

Plötzlich schoss es von ganz tief unten. Im letzten Moment schaffte es Marie, ihre Lippen zusammenzupressen und sich ihren Mülleimer zu schnappen. Dann kotzte sie. Max und Sophie hielten inne, bis plötzlich Nora in der Tür auftauchte.

„Marie?", schrie sie ängstlich und rannte zu ihrer Freundin. Sie griff Maries blondes Haar und hielt es in die Luft, damit es nicht weiter mit Kotze beschmiert wurde. Dann half sie ihrer Freundin auf die Beine und schleppte sie ins Bad.

Kaum dass sie das Bad erreichten, stürmte Marie zum Klo und übergab sich erneut.

Alles drehte sich. Die Sabber lief ihr aus dem Mund, würde Nora sie nicht halten, dann würde sie wahrscheinlich einfach mit dem Kopf auf den Badvorleger knallen. Das schlimmste war die Frage, wie sie Max wieder loswurde. Sie mochte ihn, aber in diesem Zustand war ihr jegliche Lust auf Bumsen vergangen, besonders wenn sich Sophie noch dazwischen drängelte.

„Kannst du die beiden raus komplementieren?", fragte sie mit riesigen Kulleraugen.

Nora sah sie zähneknirschend an. Sie machte einen Dutt in Maries lange blonde Haare und verschwand. Marie lächelte. Immerhin hatte sich das Problem aufgelöst. Plötzlich drehte sich ihr Kopf wieder und der Würgereflex setzte erneut ein. Röchelnd hievte sie ihren Kopf über die Kloschüssel und riss den Mund auf. Sehniger Schleim kratzte sich mühsam aus ihrer Kehle hoch und tropfte schleimig in die Toilette.

„Sie sind weg", Nora war hinter ihr wieder ins Bad gehuscht. Sofort war sie wieder bei ihr. Als sie sah, dass nur noch die Reste rauskamen, lief sie in die Küche, um Tee zu kochen. Das Bewusstsein, dass sie Max und Sophie losgeworden war, gab ihr etwas innere Kraft zurück. Sie brauchte dringend etwas Ruhe, vor allem brauchte sie Zeit zum Nachdenken. Dieser Abend war der Höhepunkt einer monatelangen Odyssee aus Alkohol, Ecstasy und schnellem Sex. Alles hatte begonnen, als sie Sophie an Silvester auf einer Party kennengelernt hatte. Es hatte sofort gefunkt. Die Kleine war gerade mal siebzehn, aber so wild, dass egal wo sie hinging, immer die Gaudi ausbrach.

Die Monate waren toll. Auch dieser erste Mai in Kreuzberg war wieder der reine Hammer gewesen. Jedes Wochenende war wilder als das nächste. Es hatte gepasst. Ihr Herz hatte Heilung dringend nötig gehabt, denn ihre letzte Trennung schmerzte immer noch. So viele Männer wie in den letzten zehn Wochen hatte sie nie zuvor gehabt. Max wäre nur ein weiterer gewesen. Aber es hatte weder ihren Schmerz betäubt, noch hatte es sich wirklich gut angefühlt.

Nora kam zurück. Mit dem Handtuch, dass sie ihr reichte, wischte sie sich den Mund sauber. Zwar drehte es sich noch immer, aber es war definitiv besser geworden. In den letzten drei Wochen war ihr das mehrmals passiert und mittlerweile wusste sie, wann sich ihr Körper gefangen hatte. Von hinten griff ihr Nora unter die Arme. Obwohl sie oft streng mit ihr war, so war sie doch eine gute Seele.

Der Tee stand bereit und dampfte. Süßlicher Duft kitzelte ihre Nase. Ohne Nora wäre ihre Wohnung schon vor Monaten im Chaos versunken. Missmutig setzte sie sich an den Tisch, stellte ihre Beine auf den Stuhl und umklammerte sie. Ihr Körper zitterte. Sie war erschöpft, aber es waren auch die Emotionen, die sie auslaugten. Das mit Max hatte schon seit ein paar Wochen in der Luft gelegen. Abgesehen von seiner verrückten Seite, war er ein anständiger Typ und es hätte etwas werden können. Doch Sophie und der enorme Alkohol hatten es vermasselt und sie wollte definitiv keinen neuen Versuch.

„Wie lange willst du noch so weitermachen?", Noras Frage holte sie aus ihren Gedanken zurück und traf sie wie der Faustschlag eines guten Boxers mitten in die Magengegend. Um auszuweichen, erwiderte sie:

„Was meinst du?"

Noras Kinnlade klappte runter. Aber sie fing sich sofort wieder. Zuerst knirschte sie mit den Zähnen. Doch schon einen Augenblick später hatte sie sich wieder gesammelt. Zuerst sah sie Marie sehr intensiv an. Dann begann sie mit einem langen Monolog. Er begann und er endete mit ihrer Ausbildung. Aber im Kern ging es um Sophie. Dass Nora sie hasste, war nichts neues. Laut ihrer Meinung stiftete sie Marie zu lauter dämlichen Dingen an. Aber Marie vermutete, dass sie vor allem sauer war, weil sie sich zwischen sie und Nora drängte.

Eine Stunde später lag sie im Bett und starrte an die Decke. Noch immer drehte sich ihr Kopf leicht. Doch das war nur äußerlich. Viel schlimmer wogen die Worte Noras und dass sie nüchtern betrachtet, den Nagel auf den Kopf trafen. Das schlimme daran war, dass sie in den letzten Wochen nicht oft nüchtern gewesen war. Irgendwie hatte sie seit Silvester nur noch Menschen kennengelernt, die andauernd tranken. Auch bei der Arbeit war das nicht anders.

Die Ausbildung in Berlin bei einer Plattenfirma war ihr großer Traum gewesen. Zum einen hoffte sie immer noch, entdeckt zu werden. Denn bevor sie nach Berlin gezogen war, war es ihr großer Traum gewesen, Sängerin zu werden. Leider stand in den letzten Wochen ihre Gitarre nur in der Ecke, weil es quasi täglich etwas feuchtfröhliches zu feiern gab. Noch vor einem Jahr als sie ihr Abi gemacht hatte, war diese Gitarre ihr ganzes Leben gewesen. Wie konnte sich das so schnell ändern?

Zurück im Bett versuchte sie sich die Gitarre zu schnappen. Der Versuch endete auf halber Strecke, weil ihr schwindlig wurde. Sie ließ den Kopf nach hinten sinken und starrte an die Decke. Von draußen drang das Geräusch der Autos an ihr Ohr. Alles war in Berlin so anders. Sie wusste nicht, was sie vorher erwartet hatte. Auf der einen Seite wirkte es glamourös. Jeden Tag postete sie auf Insta Bilder von den Clubs, die sie besuchte und tatsächlich kommentierten ihre Freundinnen aus Hannover, wie eifersüchtig sie waren. Zugleich traf sie echte Stars. Wenn es auch noch nicht die ganz Großen waren, so hatte sie doch einige Schnappschüsse mit Musiksternchen aus der Branche gemacht, während sie diese für ihr Label betreut hatte. Von dieser Sicht aus, war ihr Leben ein Traum.

Aber war es echt? War dieses Leben das, was sie sich wirklich wünschte? Sie war hier wegen der Musik und im Label sah sie das Business endlich hautnah. Aber machte sie noch Musik und lebte sie noch die Musik, für die sie in den letzten Jahren in ihrer Schule berühmt geworden war? Definitiv nicht. Bisher hatte sie in ihrer Zeit in Berlin zwei Songs geschrieben. Das war noch im letzten Herbst gewesen. Seitdem hatte sie eine Flaute.

Der Schlaf hatte sie irgendwie abgeholt und pünktlich um zehn klingelte ihr Wecker. Das Gute am Musikbusiness war, dass es erst um zwölf losging. Früh aufstehen war sowieso noch nie ihr Ding gewesen. In der Küche saß Nora bereits über ihrem Laptop und schrieb an ihren Hausarbeiten für die Uni. Zur Begrüßung gab es nur ein kleines Lächeln, dann war sie wieder voll in ihrer Seminararbeit drin. Der Teil ihres Kühlschranks war leer, abgesehen von den zwei Flaschen Sekt. Also schnorrte sie sich einige Äpfel und eine Banane von Nora und kochte auf der italienische Espressomaschine, die ihr Mama zum Einzug geschenkt hatte, ihren Schuss Koffein.

Eine Stunde später erwischte sie die U-Bahn gerade so. Ihr Spiegelbild in den Fenstern der Bahn verriet ihr, dass sie das mit dem Make-up super hingekriegt hatte. Von ihren Krähenfüßen wegen der gestrigen Orgie war fast nichts mehr zu sehen. Sie stieg einmal um und verließ die Bahn an der Warschauer Straße. Der Weg über die Oberbaumbrücke zum Label brachte die Bilder vom Vortag zurück. Plötzlich tat ihr Max leid. Eigentlich hatte er nichts dafür gekonnt und sie hatte ihn einfach vor die Tür setzen lassen.

„Wow! Du siehst krass durch aus", sagte Paul und nahm sie in den Arm.

Sie hatten sich vom ersten Tag an gut verstanden, vor allem weil er so erfrischend anders gewesen war. In vielen Dingen gab er sich wie der Klischeeschwule. Doch sehr schnell hatte sie gespürt, wie viel Kreativität und Sensibilität sich hinter den lockeren Sprüchen versteckte. Irgendwann war er zu ihrem Mentor im Label geworden und leider war ihm ihre Veränderung, seitdem sie mit Sophie durch die Gegend zog, auch nicht verborgen geblieben. Allerdings hatte er es auf den schlechten Einfluss Berlins geschoben, das alle zarten Seelen zwischen den Rädern der Maschinerie zermalmte, wie er es ausgedrückt hatte.

„Komm ich mach dir einen Tee Schätzchen. Der erste Termin kommt erst in einer Stunde. Dann kannst du mir von deinem ersten Mai erzählen!"

Er verschwand in der kleinen Küche für Mitarbeiter und sie stiefelte zu ihrem kleinen Schreibtisch. Als sie den Laptop hochgefahren hatte, sah sie die Flut von E-Mails, die sich in den letzten zwei Tagen angesammelt hatten. Zu ihrer Überraschung machte es sie froh, denn es hieß, sie konnte sich mit der Arbeit von ihrem Gegrübel ablenken. Bis Paul mit dem Tee auftauchte, hatte sie fast ein Dutzend E-Mails beantwortet. Das Gefühl des kleinen Erfolgs gab ihr auch etwas von ihrem Selbstwert zurück, den sie gestern in die Toilette gekotzt hatte.

„Los Schätzchen, erzähl!", forderte Paul mit süffisantem Unterton und sah sie mit großen Augen an, wobei sein markanter Kajal seine Augen noch größer wirken ließ. Sie atmete tief durch, sah ihn kurz intensiv an und begann dann zu erzählen.

Sie ließ nur nicht nichts aus, sie holte auch sehr weit aus. Zuerst berichtete sie alles, was sich gestern zugetragen hatte, wie wild es gewesen war und wie sie kotzend über dem Klo hängen geblieben war. Danach erzählte sie ihm von dem Gespräch mit ihrer Mitbewohnerin Nora, ebenso von den Gedanken, die sie später im Bett gequält hatten.

„Drama! Drama! Ich glaube, wir müssen zuerst die Karten befragen und dann brauchst du eine spirituelle Reinigung. Du musst dringend was für dein Karma tun meine Liebe. Heute Abend bei mir?"

Ihr Nicken nahm er als Anlass, sie zu umarmen. Nach ein paar Schlücken Tee verschwand er wie ein Wirbelwind und ließ sie mit ihren E-Mails und dem Kater allein. Kurz darauf klopfte der erste Termin des Tages an ihrer Tür. Es war der Manager einer kleinen Band, die sie unter Vertrag hatten, um einige Termine zu planen.

Sieben Stunden später war sie völlig erschöpft. Der erste Mai hatte sie viel ihrer körperlichen Energie gekostet und sich stundenlang konzentrieren zu müssen, raubten ihr die restlichen Kräfte, wobei der vegetarische Döner vom Bahnhof, den sie sich in der Mittagspause geholt hatte, ihr weniger Energie gebracht hatte, als sie erhofft hatte. Müde steckte sie ihr Smartphone in ihre kleine Handtasche. Denn es war Zeit nach Hause zu gehen und sich auszuruhen. Plötzlich steckte Paul den Kopf zur Tür rein:

„Bereit mein Schatz?"

Tatsächlich hatte sie ihn total vergessen. Während sie wild in der Gegend herumtelefoniert hatte, um Termine für Auftritte zu koordinieren, hatte sie Pauls Vorschlag total vergessen. Sie atmete tief durch und überlegte, wie sie ihm absagen könnte, ohne ihn vor den Kopf zu stoßen. Denn sie hatte definitiv keine Kraft mehr für Pauls spirituellen Fetisch. Leider wehrte er ihre kläglichen Versuche ab und hakte sich kaum zwei Minuten später unter ihren Arm:

„Schätzchen, ich weiß, dass du dich müde fühlst. Aber das liegt nicht am Alkohol oder deiner verwirrten Libido. Das Problem liegt in deinem Astralleib und deiner Aura. Wenn du die nicht reinigst, wirst du nie glücklich werden. Also komm und dann wird Paul dir all deine Sorgen nehmen."

Wie konnte sie ihm widersprechen? Bisher war sie zweimal bei ihm zuhause gewesen. Einmal hatte er eine wilde Party geschmissen, auf der sie mehr Queervolk kennengelernt hatte, als jemals zuvor in ihrer alten Heimat. Beim zweiten Mal hatten sie Tarotkarten gelegt und eine Meditation mit seinen Klangschalen gemacht. Tatsächlich interessierte sie das Thema. Allerdings hatte sie vor Paul niemanden gekannt, der sich ernsthaft mit solchen Dingen beschäftigte, so dass alles was sie darüber wusste, die Dinge waren, die sie im Internet gegoogelt hatte.

Unterwegs holten sie sich Sushi. Für Paul war Sushi quasi ein Grundnahrungsmittel. Da sie vegetarisch lebte, holte er für sie eine Box mit Maki aus Gurke, Avocado und Tofu. Als sie in seiner Wohnung ankamen, hatte sie das Gefühl einen

Aschram in Indien zu betreten. An der Decke hingen bunte Wimpel mit tibetischer Sprache. Überall in Pauls Wohnung standen Buddha-Statuen. Es gab sie in klein auf den Schränken und in einer Ecke, die Paul ihr als sein Altar vorgestellt hatte, saß ein Gold glänzender Buddha auf einem Sockel aus Lotos.

Seine Couch war mehr Plüsch als Couch. Sie war so weich, dass sie fast darin versank und zugleich strahlte sie in einem futuristischen Rosa, dass sie fast Augenschmerzen bekam. Diese Couch war wie ein abgehobener Anachronismus in einem buddhistischen Tempel, denn abgesehen von diesem abgedrehten Möbelstück war alles in Pauls Wohnung das Abbild eines Aschrams.

Mit seinem Handy streamte er meditative Musik. Das Sushi breitete er auf seinem kleinen Glastisch aus und holte aus der Küche Essstäbchen und Sojasoße. Kaum eine Sekunde später saß er neben ihr und schlürfte aus einer kleinen, chinesischen Tasse Tee und hielt ein Stück Sushi zwischen seinen Fingern. Auch Marie aß ihre vegetarischen Makis und entspannte sich. Obwohl sie noch spürte, wie erledigt sie war, so hatte die weiche Couch die Eigenschaft ihre Batterien aufzuladen.

Nachdem Paul sein letztes Stück Sushi genascht hatte, lief er zu seinem kleinen Altar. Er kam mit einer sehr edlen Holzschatulle zurück. Vorsichtig schob er den Deckel auf. Mit breitem Grinsen zog er einen Stapel Karten aus der Kiste und hielt sie wie einen Schatz in die Höhe. Sie wusste, worum es sich handelte.

„Marie! Es wird Zeit, die Karten zu befragen, bevor wir uns der Mediation widmen. Also welche Frage hast du an die Macht der Tarotkarten?"

Sie überlegte kurz. In den letzten Wochen hatte sie sich immer mehr in die spirituelle Welt eingefühlt. Erst seitdem sie in Berlin war, hatte sie ein paar Leute kennengelernt, die auch daran interessiert waren und sie immer wieder mit neuen, spannenden Details versorgt hatten. Dennoch war diese Welt für sie immer noch ein Buch mit sieben Siegeln.

Im Geist stellte Marie ihre Frage, wie es ihr Paul erklärt hatte. Er legte die erste Karte umgedreht hin. Ihre Frage war wie üblich die Liebe gewesen. Denn in der letzten Zeit hatte sie wenig Glück gehabt und davor in ihrer alten Heimat war es auch nicht besser gewesen. Das einzig Gute daran waren ihre traurigen Liebeslieder, mit denen sie einige zehntausend Streams im Netz geschafft hatte.

Paul warf zwei weitere Karten und drehte die erste um. Es war der Narr. Wie er erklärte, stand er dafür, dass sie die Welt wie mit den Augen eines Kindes sah, aber es auch ein Zeichen für einen Neuanfang war. Die zweite Karte war der Hohepriester. Paul wurde sehr ernst und erklärte, dass er dafür stand, dass eine große innere Weisheit in ihr wartete. Ihre letzte Tarotkarte war der Mond:

„Das ist meine Lieblingskarte mein Schatz! Sie steht für das Unbewusste in uns. Vor allem heißt es, dass du dich bereit für den Sprung in eine höhere Bewusstseinsebene machen sollst!"

Das klang gut. Dennoch ergab nichts davon einen Sinn. Als sie ihn mit großen Augen anstarrte, schien er zu bemerken, dass sie verwirrt war. Also erklärte er ihr ganz genau, was das bedeutete. Paul startete einen Wahnsinnsmonolog. Es ging mit dem ganz Kleinen los und steigerte sich dann zu seiner Sicht über die Aura ihres Körpers, die Astralebene und die Macht der Achtsamkeit. Die Quintessenz, die er zog, war, dass sie unbedingt mit zu seinem Guru kommen sollte, denn er konnte ihr das innere Auge öffnen.

Ohne weiter zu zögern, begann Paul umzuräumen. Er nahm den Stapel mit den Tarotkarten und brachte sie zurück zum Buddhaaltar, wobei er sich ehrfürchtig vor der Statue verneigte. Neben Pauls Altar waren mehrere farbenfrohe Sitzkissen übereinander gestapelt. Er nahm zwei Kissen und legte sie vor den Altar. Als nächstes kramte er in einer edlen Kiste, bis er schließlich ein Set aus Klangschalen herausholte:

„Das sind echte Klangschalen aus Tibet. Die haben mich ein Vermögen gekostet. Aber den billigen Plunder, den du in den Esoterik-Shops zu kaufen kriegst, will ich nicht. Denn die haben keinen Magie. Doch diese Schalen wurden von echten buddhistischen Lamas gesegnet und sie haben eine Energie, die ganz tief geht."

Marie lächelte schüchtern. Auf der einen Seite sendete ihr Körper pausenlos das Signal, dass er dringend nach Hause ins Bett wollte, um die Batterien wieder aufzutanken. Jedoch lag etwas in Pauls Beschreibungen, das sie faszinierte. Diese Welt zog sie an. Denn etwas darin versprach Antworten auf Fragen zu geben, die sie seit langem mit sich herumtrug.

Er bat sie, sich auf eines der Kissen zu setzen. Als sie sich einfach draufsetzte, seufzte er tief, als ob sie ein kleines Kind wäre. Dann kniete er sich schwer atmend vor sie hin und verrenkte ihre Knie. Es knackte und kurz tat es weh. Sie ließ es zu und als er fertig war, lächelte er sie zufrieden an. Doch es hielt nicht lange. Denn plötzlich fiel ihm auf, dass ihr Rücken krumm war. Er griff an ihrer Seite vorbei und drückte ihren Rücken gerade, bis sie dasaß wie eine Kerze.

„So gefällt mir das. Form ist Leere, sagt mein Guru. Gerade sitzen ist wichtig, damit du dich spirituell über die materielle Welt erheben kannst."

Als er mit ihr fertig war, setzte er sich auf sein Kissen. Vor sich baute er vier verschieden große Klangschalen auf. Jede stellte er auf ein kleines Kissen. Dann nahm er sich einen hölzernen Schlegel und fing an, den kleinen Schlegel im Kreis um den Rand der größten Klangschale zu streichen. Ein tiefer, schöner Klang breitete sich aus. Nachdem der Klang sich einige Zeit lang im Raum verteilt hatte, nahm er die kleinste Schale in die Hand. Zuerst schlug er mit dem Schlegel dreimal auf den Rand, dann strich er auch im Kreis über den Rand dieser Klangschale.

„Schließe deine Augen meine Liebe. Die Frequenzen haben heilende Kräfte. Sie werden dich spirituell reinigen und sie werden deine Seelenbatterien besser aufladen als jede Droge, sogar noch besser als guter Sex und jetzt mach deine Augen zu und lass deinen Guru Paul dich verzaubern!"

Zuerst musste sie lächeln. Aber Pauls Augen strahlten so extrem, dass sie keinen Zweifel daran hatte, dass er jedes Wort ernst meinte. Also schloss sie die Augen. Die Energie der Klangschalen war plötzlich eine andere. Indem sie ihre Aufmerksamkeit von den Augen gelöst hatte, wurde die Präsenz des Geräuschs allumfassend.

Sanft drangen die schönen Klänge an ihr Ohr und richteten dann ihren Kopf auf. Als nächstes musste sie einatmen, weil die Art wie die Klangschale Wellen durch ihren Körper schickte, sie dazu veranlasste, tiefer zu atmen. Paul schlug erneut die kleine Schale und es löste etwas in ihr aus, auch wenn sie nicht sagen konnte, was es war. Zugleich trug sie das etwas höhere Geräusch davon.

Diesmal schlug er eine dritte Schale an und ihre Energie beflügelte die Energien in ihrem Unterbauch. Ihr Atem ging tiefer und sie spürte, dass sie sich auf überraschende Art und Weise auflud. Das Gefühl blieb nicht in ihrem Bauch stehen. Wellenartig flutete es ihren ganzen Körper. Als sie sich ihrer Lippen bewusst wurde, fingen sie an zu lächeln, während sie zugleich die hellen Töne in sich aufsaugte.

Fast hatte sie den Eindruck, dass die verschiedenen Schalen mit verschiedenen Körperregionen besonders resonierten. Während die große Schale besonders die Energie in ihrer Brust stimulierte, ließ die kleinste Schale ihren Unterbauch kribbeln. Die dritte Schale erzeugte Bewusstsein um ihre Lippen herum. Die Vierte, die besonders tief war, erzeugte eine Weite, dass sich ihre Lungen wie von Selbst mit Luft vollsaugen wollten.

Mit jedem neuen Schlag fühlte sie sich besser. Das dumpfe Gefühl des Katers, als auch das elende Schuldgefühl waren verschwunden. Da war nur Weite und Erholung. Da war Raum und da war Gewahrsein. Gerade schlug Paul erneut eine der Schalen an und ihre Lunge saugte sich mit einer Art Seufzen voll, so als wäre dieses befreite Gefühl alles, was ihr bisher zum Glücklichsein gefehlt hatte.

Jasmin

Sie verstand kein Wort von dem, was der Professor erzählte. Die Aufgaben, welche er vorrechnete, wirkten einfach nur kryptisch. Dass sie der Stoff der nächsten Klausur waren, machte es nicht besser. Doch das war eigentlich gar nicht das Problem.

Seit ihrem Praktikum war jetzt schon ein Monat her und sie saß wieder in der Universität. Der Schock jedoch wirkte immer noch nach. Es war nur ein halbes Jahr gewesen, aber es war ihr bis auf die Knochen gegangen, gefolgt von vielen Kopfschmerzen, innerer Unruhe und Schlafstörungen. Sie fragte sich, wie sie so das Referendariat überstehen sollte, ganz abgesehen von der Vorstellung, Jahrzehnte als Lehrerin zu arbeiten.

Abgesehen davon, dass sie sich fragte, ob ihre Fächerkombi eine kluge Wahl gewesen war, bekam sie immer mehr Zweifel, ob sie dem Stress der heutigen Schule gewachsen war. Eigentlich hatte alles ganz gut angefangen. Sie hatte sich sogar auf die Schüler und Schülerinnen gefreut. Selbst die Schule war keine Brennpunktschule mit vielen Problemfällen gewesen. Es gab ein MINT Profil, welches ihren Wünschen entsprach. Doch bereits die ersten Tage hatten ihr gezeigt, wie wenig sie das Studium auf die Realität vorbereitete. Zum Glück musste sie nur dabei sitzen und ein wenig assistieren. Zumindest war das so vereinbart gewesen. Aber dann kam es anders.

Am dritten Tag des Praktikums war ihr Mentor ausgefallen und die Rektorin hatte sie verzweifelt darum gebeten, ob sie den Unterricht übernehmen könnte, solange ihr Mentor krank war. Hilflos und an die Wand gedrängt, hatte sie es nicht geschafft nein zu sagen und so stand sie vier Stunden ohne Vorbereitung im Unterricht vollkommen auf sich allein gestellt.

Wenig überraschend wurde der erste Tag der komplette Wahnsinn. Das hatte sie weggesteckt, denn schließlich war sie ins kalte Wasser gesprungen. Dann am Abend hatte sie ihren Unterricht ganz professionell vorbereitet, damit alles strukturiert ablaufen konnte. Als sie dann morgens wieder vor der Klasse stand, klappte es; zumindest anfangs. Denn schon in der dritten Unterrichtsstunde hatte sie die erste Prügelei zwischen zwei Jungs und am Ende verweigerte eine ganze Lerngruppe ihre Arbeit.

Es ging die ganze Zeit so weiter. Von Tag zu Tag wusste sie immer weniger damit umzugehen. Ihre Stunden waren gut geplant. Sie hatte es einer Lehrerin gezeigt und die hatte ihr bescheinigt, dass alles super aussah. Dennoch bekam sie den Laden nicht zum Laufen. Jede Stunde wurde von einigen verrückten Jungs gesprengt. Zu allem Überfluss kam es noch schlimmer.

Diesmal waren es nicht die Schüler. Die blieben dasselbe Chaos. Was jedoch geschah, war der Streik ihres Körpers. Sie war eine gute Sportlerin und ging mindestens zweimal pro Woche ins Fitnessstudio und doch fing ihr Körper nach drei Wochen an zu rebellieren. Es begann mit Durchfall, doch das war nur das erste Symptom. Als zweites kamen die Kopfschmerzen und dann folgten die Schlafstörungen. Zu allem Überfluss hatte sie im Rest ihres Praktikums auch noch zwölf Kilo zugenommen. Das Eis und die Schokolade nach den schlimmen Stunden gaben ihr etwas an Lebensfreude zurück. Bis heute war sie die Kilos nicht wieder losgeworden.

Die Vorlesung ging vorbei. Frustriert schlürfte sie in die Mensa, um sich ein vegetarisches Mittag zu holen. Als sie ankam, war die Schlange an der Ausgabe lang. Sie wählte Dinkelnudeln mit grünem Pesto und verkroch sich dann an einen Tisch. Während sie aß, ging sie ihre Aufzeichnungen noch einmal durch in der Hoffnung, es wenigstens jetzt zu kapieren. Es wirkte weiterhin völlig unverständlich und das einzige was sich einstellte, waren neue Kopfschmerzen.

Müde stellte sie das dreckige Geschirr auf das Band, welches die Tabletts in die Küche chauffierte. Ein Blick auf die Uhr in ihrem Handy verriet ihr, dass sie noch Zeit hatte, bis das nächste Seminar anfing. Also verließ sie die Mensa und lief die Treppen runter in den Eingangsbereich. Sie schlenderte durch den Buch- und Zeitungsshop. Das eine Buch erregte ihre Aufmerksamkeit. Sie liebte das Lesen und vielleicht half es ihr, wenn sie sich mit einem Krimi ablenkte.

Draußen war es zwar nicht kalt, aber dennoch windig. Das Seminar fand im Hauptgebäude statt und dafür musste sie einmal quer über den Campus laufen, doch sie blieb noch im Mensagebäude und durchstöberte das lange schwarze Brett. Es war mehr eine schwarze Wand, an der die StudentInnen ihre Gesuche und Angebote hefteten. Dazwischen hing auch viel Werbung für alles mögliche, meist Sonderangebote für Studierende, etwa für bessere Handyverträge. Einige boten Nachhilfe an. Vielleicht sollte sie das auch machen. Das Bafög reichte hinten und vorne nicht und die Finanzspritzen ihrer Eltern, die sie zu Weihnachten und Geburtstag bekam, verflüchtigten sich immer schneller, seitdem die Inflation galoppierte. Plötzlich blieb ihr Blick bei einer selbstgemalten Lotosblüte hängen.

Der Künstler hatte Talent. Die Lotosblüte war nur mit Buntstiften gemalt, aber die Farben und die Tiefe, die er mit den Farbnuancen erreicht hatte, waren wunderschön. Die Blüte verwandelte sich von einem dezenten Rot am Rand hin zu zartem Rosa, dass von den gelborangen Staubblättern aufgefangen wurde. Umrahmt wurde die Blüte von einer geschwungenen Schrift, die vermutlich mit einem purpurnen

Fineliner gemalt worden war: Tu was gegen deinen Unistress und lerne meditieren; stand da groß leserlich geschrieben. Unten am Rand gab es noch einen kleinen Text. Um den zu lesen, musste sie näher herangehen.

Die Neugier hatte sie gepackt. Das Thema Stress ließ sie seit ihrem Praktikum in der Schule nicht mehr los. Zudem mochte sie die selbstgemalte Lotosblüte. In Zeiten, in denen alle nur noch digital unterwegs waren und Sachen einfach ausdruckten, war das ein positiv herausstechendes Merkmal. Auch der kleine Text war mit dem purpurnen Fineliner geschrieben. Die Buchstaben waren sehr geschwungen mit langen Serifen. Sie las sich jedes Wort durch und wie durch ein Wunder berührte es etwas tief in ihrem Inneren.

Ein Blick auf die Uhr und ihr wurde klar, dass sie sich beeilen musste. Zwar gab es für Studies ein akademisches Viertel, aber sie hasste es, auf die letzte Minute zu kommen. Lieber kam sie ein paar Minuten früher, um die Zeit zu nutzen, sich ihre Notizen vom letzten Mal durchzulesen. Der Wind fegte über den Campus und sie war froh, als sie im Seminarraum ankam. Wenig überraschend war sie die Erste. Selbst der Dozent war noch nicht da.

Zum Glück war es ein Seminar über Erziehung und damit viel einfacher als die Formeln, die sie in den anderen Kursen pauken mussten. Plötzlich erschien der Dozent. Er war jung und adrett. Sie mochte ihn, auch wenn sie bisher kein privates Wort gewechselt hatten. Er begrüßte sie und schon trafen auch die ersten Teilnehmer ein. Sie waren nur zu zwölft in dem Seminar, welches sich „aktuelle Fragen der Pädagogik" nannte. Sie mochte es, auch wenn sie Zweifel hatte, dass irgendwas von dem was sie hier lernten, ihr helfen würde, mit dem Stress umzugehen.

Wie üblich ging es um Inklusion und Integration. In fast allen EWI Seminaren und Vorlesungen war das ein zentrales Thema. Sie mochte es. Vor ihrem Praktikum hatte sie es sehr wichtig gefunden. Doch seitdem sie den Stress hautnah erlebt hatte, fand sie, dass es deutlich wichtigeres gab, was eine junge Lehrerin lernen sollte, um mit Jugendlichen gut zu arbeiten.

Nach dem Seminar gab es noch eine Vorlesung. Da sie auch im großen Hauptgebäude stattfand, hatte sie es nicht weit. Aufmerksam saß sie soweit vorne wie möglich, ohne dass es zu auffällig war und schrieb jedes Wort mit. In der Theorie war es wirklich genau ihr Thema. Doch die Praxis bereitete ihr Bauchschmerzen.

Auf dem Weg nach Hause begann sie zu grübeln. Ihre Gedanken passten zu den grauen Wolken, die der Wind über den Himmel peitschte. Als sich plötzlich ein Sonnenstrahl durch die Wolken kämpfte und unerwartet ihre Nase kitzelte, da musste sie an die selbstgemalte Lotosblüte denken. Das Bild in ihrer Erinnerung ließ sie lächeln. Es hatte etwas naives und ehrliches. Ohne dass sie den Künstler kannte, begann sie ihm zu vertrauen.

Auch wenn die Uni nicht ihr größter Stressor war, so musste sie dringend etwas gegen den Stress tun. Denn obwohl das Praktikum vorbei war, bereitete ihr der Gedanke daran noch immer schlaflose Nächte. Falls sie es nicht schaffte, vor dem Referendariat einen Weg zu finden, um mit dem Stress umzugehen, dann würde sie scheitern, bevor sie überhaupt mit ihrer Karriere angefangen hatte. Sie rief sich das Bild vor Augen. Unten links hatten die Zeiten gestanden. Bereits morgen war der nächste Termin. Es war zwar nicht auf dem Gelände der Uni. Aber sie kannte die Gegend. Dort standen viele schöne Altbauten und es gab viele Kneipen, Student*innen und alternative Läden.

Als der Wecker klingelte, stand sie wie eine Eins. Diese Fähigkeit hatte ihre Mutter immer irritiert. Aber sie war eine Frühaufsteherin. Nach der Morgentoilette machte sie sich einen Smoothie und ein Müsli. Die Zeit rannte überraschend schnell und als sie erst das halbe Müsli gegessen hatte, verriet ihr der Blick auf die Uhr über der Küchentür, dass sie sich beeilen musste, falls sie pünktlich zur ersten Vorlesung sein wollte.

Als sie ankam, hatte die Professorin schon angefangen. Sie hasste es, zu spät zu kommen. Glücklicherweise gab es keine Anwesenheitspflicht. Ein Blick verriet ihr, dass ihre drei Freundinnen aus dem anderen Seminar unten links saßen. Sie lief am Rand des Auditoriums runter und quetschte sich durch die schmalen Holzbänke, bis sie endlich neben ihren Kommilitoninnen saß.

Nach einer kurzen, aber freundlichen Begrüßung packte sie leise ihre Sachen aus. Die Dozentin hatte bereits zu ihnen herübergeguckt und sie wollte nicht weiter unangenehm auffallen. Das Thema war sehr spannend. Es ging um Interkulturelles und Integration. Vor ihrem Praktikum waren das ihre Lieblingsthemen gewesen. Doch seitdem fragte sie sich, wie ihr das im Schulalltag helfen würde, zu überleben.

Nach der Vorlesung folgte ein Seminar. Zum Glück war eine Kommilitonin dabei, die sie schon seit drei Semestern kannte. Meist gingen sie nach dem Seminar in die Mensa und es hatte sie überrascht, dass sie ihre Erfahrungen über den Schulalltag teilte. Selbst einige der Symptome waren bei ihr während des Praktikums aufgetreten. Als sie ihr dann von dem Meditationskurs erzählte, als sie in der Mensa aßen, war sie hellauf begeistert und entschied spontan mitzukommen. Jasmin fiel ein Stein vom Herzen. Sobald sie allein irgendwo hinging, fühlte sie sich immer so unsicher. Aber zu zweit war alles halb so schlimm. Bis zur Meditation waren noch zwei Stunden Zeit. Da sie beide pünktlich fertig werden wollten, gingen sie in die Unibibliothek, um für ihre nächsten Hausarbeiten zu recherchieren. Sie suchten sich ihre Bücher und dann setzten sie sich an einen der versteckten Tische bei den Fenstern.

Die Zeit verlief schnell. Sie beide liebten das Studieren und saugten alles auf, das sie über Erziehung und Pädagogik finden konnten. Als dann die Zeit vorbei war, eilten sie zum Ausgang und über den Campus. Bis zum Ort der Meditation mussten sie mit dem Bus einige Stationen ins Stadtzentrum fahren. Sie schafften es geradeso rechtzeitig in den Bus. An einem freien Viererplatz machten sie es sich gemütlich. Ihr Gespräch drehte sich zuerst ums Seminar, bis die Altbauten und die ersten guten Bars auftauchten. Beide klebten mit den Nasen am Fenster. Es war ein gutes Viertel, wahrscheinlich das Beste der Stadt. Leider waren die Mieten zu hoch, so dass es sich keine der beiden leisten konnte, hier zu wohnen.

Vorne im Haus gab es eine Bar. Sie erinnerte sich, dass sie eines dieser Online Dates einmal hierher geschleift hatte. Es war wirklich eine tolle Location, dennoch hatte sie den Typ nicht wiedersehen wollen, da er scheinbar nur an einer Sache interessiert gewesen war. Ein großer lila Lotos prangte auf einem großen Schild. Es gab keinen Zweifel, dass sie richtig waren. Sie mussten durch den Flur zum Hinterhof, verriet ihnen das Schild. Dort angekommen liefen sie ins dunkle Treppenhaus zur ersten Tür, die nur angelehnt war. Vorsichtig schob sie die Tür auf. Der exotische Duft eines

Räucherstäbchens verzauberte ihre Nasen. Dann fiel ihnen auf, wie hell es wirkte. Verstärkt durch große Spiegel, ließ das Sonnenlicht den großen Raum himmlisch strahlen. Plötzlich erschien ein langhaariger Mann im Türrahmen und strahlte sie an.

"Hallo. Kommt ihr zum Meditieren?"

Sie wollte antworten, aber die Worte blieben ihr im Hals stecken. Augenblicklich spürte sie, wie sie vor Scham rot wurde. Ihre Kommilitonin sprang ihr bei und antwortete. Er reagierte ganz gelassen, als ob er ihren Aussetzer nicht bemerkt hatte. Da sie überpünktlich waren, fragte er, ob sie einen Yogitee haben wollten. Beide lächelte und er nahm es als Anlass, sie in die Küche zu führen.

Während er den Tee kochte, erzählte er ihnen, wie er vor ein paar Monaten die Räume gemietet hatte, um sich seinen Traum vom Meditations- und Yogalehrerdasein zu erfüllen. Gebannt lauschten sie, als er von den ersten turbulenten Wochen erzählte. Wie sich zeigte, arbeitete er nebenbei noch als Architekt, weil die Meditation allein nicht ausreichte, um zu überleben. Aber das machte ihm nichts. Denn beides passte gut zusammen.

Der Tee schmeckte. Er hatte ihn aus frischen Kräutern zubereitet. Nebenher war seine Leidenschaft ein kleiner Garten, in dem er an den Wochenenden fleißig war und alles mögliche anpflanzte. Derweil lauschte Jasmin jedem seiner Worte. Desto mehr er erzählte, desto mehr gefiel er ihr. Eigentlich war sie wegen der Meditation gekommen. Aber sie hatte nicht darüber nachgedacht, wer den Kurs leiten würden. Letztendlich war es egal, außer es handelte sich um einen so gut aussehenden Mann, der zudem auch noch klug, faszinierend und sensibel war.

Nachdem er fertig war, fragte er, wie sie auf den Kurs aufmerksam geworden waren. Endlich löste sich ihr Frosch im Hals und sie berichtete, wie sie rein zufällig das kleine Plakat in der Mensa mit der selbstgemalten Lotosblüte gesehen hatte. Zu ihrer Überraschung schien er ernsthaft rot zu werden. Dann erklärte er, dass ihm noch das Geld für richtige Plakate fehlte und er sie deshalb mit seinen bescheidenen Zeichenkünsten selbst zeichnen musste.

Sie wusste nicht, ob in dem Tee etwas drin gewesen war, aber seine selbstkritische Art faszinierte sie. Leider brachte sie nur heraus, dass sie die Lotosblüte schön gefunden hatte, obwohl sie in Wahrheit besser war, als alles andere an dem schwarzen Brett, eben weil sie selbstgemacht worden war. Aber das spielte gar keine Rolle mehr, denn Geräusche drangen an ihre Ohren. Scheinbar waren neue Leute eingetroffen. Er eilte nach vorne und ließ sie allein zurück. Sie nutzten die Gelegenheit, um sich die Küche genauer anzuschauen. Alles war sehr sauber und geordnet. An den Wänden hingen Fotos, die aus Asien stammen mussten, auf denen große Berge und ein Treck aus bunten Nomaden mit ihren Yaks zu sehen war. Ein anderes zeigte halbnackte Männer mit langen Rastazöpfen, die auf Meditationskissen und mit breitem Lächeln in die Kamera schauten.

Als die Tassen leer waren, spülten sie sie und stellten sie zurück in den Schrank. Dann gingen sie wieder in den großen Meditationsraum. Zu ihrer Überraschung waren es fast ein dutzend junger Frauen, die angekommen waren. Kein einziger Mann war zu sehen. Dafür umringten sie ihn und überschütteten ihn unüberhörbar mit Komplimenten. Es wirkte tatsächlich so, als hätte er einen echten Fanclub.

Es störte sie nicht, stattdessen merkten sie, dass sie sich nichts sehnlicher wünschten, als sich mit in die Gruppe zu stellen und ihren neuen kleinen Guru anzuhimmeln. Das taten sie auch und als er bemerkte, dass sie zu ihm kamen, stellte er sie den anderen Frauen vor. Alle verneigte die Hände vor der Brust und schenkten ihnen ein Namaste. Es wirkte fast so, als würden sie sie sofort in ihrem Kreis willkommen heißen.

"Es ist Zeit zum Meditieren", unterbrach er sie, nachdem sie einige Frauen mit Fragen zu löchern begonnen hatten. Es waren viele gewesen, denn sie waren sehr neugierig. Wie sich zeigte, studierte die Hälfte von ihnen an derselben Uni. Was dazu führte, dass sie sich viel zu erzählen hatten. Als er merkte, dass seine Aufforderung unterging, lief er zu einem großen Gong.

„Boom!"

Das Geräusch des Gongs ließ die Luft beben. Automatisch hielten alle inne und schwiegen. Dafür fingen die meisten an zu lächeln. Sie gingen zu einem Stapel mit Kissen und schnappten sich eins. Dann platzierten sie sich in Reihen vor dem kleinen Thron aus Sitzkissen, den er sich vorbereitet hatte. Jasmin und ihre Freundin ließen sich mit dem Strom treiben, schnappten sich zwei Kissen und setzten sich in die hintere Reihe neben eine schwarzhaarige Frau, die ihnen erzählt hatte, dass sie Kommunikationswissenschaften an ihrer Uni studierte. Während alle sich kerzengerade hinsetzten, fühlten sie sich verloren und wussten nicht recht, wie sie sich auf das Kissen setzen sollten.

Als die Schwarzhaarige das bemerkte, erhob sie sich. Im halb knienden Watschelgang kam sie zu ihr rüber. Dann bat sie, dass sie sich hinsetzen sollten. Als nächstes nahm sie ihr

Knie und drückte es auf den Boden. Danach führte sie den Fuß auf den Oberschenkel. Es zog ein wenig in den Beinen. Den zweiten Fuß legte sie auf den Boden. Sie erklärte ihnen, dass dies der halbe Lotossitz sei, welcher für Anfängerinnen besonders gut geeignet war. Wenn sie öfter kämen, dann würden sie irgendwann auch den vollen Lotos schaffen.

Wieder schlug er den Gong. Aber deutlich sanfter als beim ersten Mal. Dann erklärte er den Ablauf, wie er betonte, damit die Neuen wussten, was sie tun mussten. Scheinbar waren sie eine eingespielte Gruppe. Die Meditation bestand aus zwei Teilen, wie er erklärte. Im ersten Teil ging es um die Sammlung. Dafür würden sie sich auf ihre Atemzüge konzentrieren. Danach würde er sie zu einer Fantasiereise einladen, um sich wirklich auf tiefer Ebene zu entspannen.

Erneut ließ der Gong die Luft im Raum schwingen. Er schloss die Augen und als Jasmin sich umsah, bemerkte sie, wie die anderen Frauen auch die Augen schlossen. Sie warf kurz einen Blick zu ihrer Kommilitonin. Die lächelte und nickte leicht. Dann schlossen sie beide die Augen. Kurz war es ganz still und sie hörte nur das Zwitschern eines Vogels vom Hinterhof. Dann drang sanft seine Stimme an ihr Ohr:

"Wir konzentrieren uns auf den Atem an unserer Nasenspitze", waren seine Worte. Schon vorher hatte er eine schöne Stimme gehabt. Doch jetzt hatte er eine Sanftheit und Wärme in seine Worte gelegt, dass sie dahinschmolz. Doch sie sammelte sich wieder und tat, was er gesagt hatte. Erst war da nichts, doch einen Moment später konnte sie spüren, wie ihr Atem unregelmäßig an ihrer Nasenspitze kitzelte. Es geschah stoßartig, als ob sie nervös wäre. Sie konzentrierte sich und versuchte ihn gleichmäßiger fließen zu lassen. Langsam drückte sie ihren Bauch nach draußen und sog die Luft ein. Der Atem floss gesammelter an ihrer Nasenspitze und sie bemerkte, wie ihr Bauch das Gefühl der Entspannung aussandte. Sie tat das Gleiche beim Ausatmen.

Hin und her führte sie ihren Atemstrom. Obwohl es nur eine so belanglose Sache war, fühlte es sich nicht belanglos an. Sie nahm sich wahr. Auf merkwürdige Art spürte sie sich ganz genau und das ließ ein tiefes Gefühl der Befriedigung entstehen. Mancher Atemstoß war sehr regelmäßig, fast schon geschliffen. Doch hin und wieder überschlug sich ihr Atem und kam ins Straucheln. Dann konzentrierte sie sich wieder und ließ ihn gleichmäßig an ihrer Nasenspitze ein und austreten.

Seine sanfte, warme Stimme brachte sie zurück in die Außenwelt. Erst jetzt bemerkte sie, wie tief versunken sie in ihren Atemstrom gewesen war. "Wir lösen uns vom Atem und stellen uns eine weite Gartenlandschaft vor", waren seine Worte.

Es fiel ihr schwer, denn das Gefühl ihres Atems gefiel ihr. Etwas widerwillig versuchte sie sich das Bild eines Gartens vorzustellen. Zuerst tauchte eine Erinnerung an den Garten ihrer Großeltern auf. Doch als er erklärte, dass der Garten in einer warmen Mittelmeerregion läge und sich hinter ihm das Meer öffnete, veränderte sich das Bild ihrer Vorstellung.

Wie durch ein Wunder spürte sie plötzlich, wie eine warme Brise ihre Wangen streichelte. Es wirkte so real, dass sie kurz die Augen öffnen musste, um sich zu vergewissern, dass sie immer noch hier in Deutschland war. Sie schmunzelte, als sie realisierte, wie real die Fantasie sich angefühlt hatte. Ihr Blick schweifte über die anderen Frauen. Jede von ihnen lächelte, selbst ihre Kommilitonin. Sie schloss sich dem Strom an, machte die Augen zu und tauchte wieder in ihre Fantasie ein.

Seine Stimme führte sie über einen langen Sandstrand hinunter ans Meer. Er erklärte, sie sollten sich ein Floss vorstellen, dass im Wasser auf sie wartete. In ihrer Fantasie watete sie ins warme Wasser. Kurz kribbelten ihre Füße, als ob das warme Wasser wirklich um ihre Beine spülte. Sie lief tiefer ins Meer. Sanft erklärte er ihnen, dass sie sich einen magischen Sack vorstellen sollten. Als Jasmin das geschafft hatte, sollte sie sich alle ihre Sorgen und Probleme vorstellen. Kurz musste sie lächeln. Denn seit dem letzten Praktikum waren das wirklich viele geworden. Er beschrieb ihnen, wie sie all ihre Sorgen und Probleme in den Sack packen und diesen auf das Floss stellen sollten. Zum Schluss sollten sie ihm einen Stoß geben und zusehen, wie es aufs offene Meer rausschwamm.

Sie tat genau, was er ihr erklärte. Zu ihrer Überraschung fühlte sich der Sack extrem real an und wurde jedes Mal schwerer, als ihr ein weiteres ihrer zahllosen Probleme einfiel, dass sie in den Sack steckte. Ihr Staunen war groß, wie viele Probleme ihr einfielen. Es waren weit mehr als nur der Stress aus dem Schulalltag. Hinzu kamen ihr Liebesfrust, die Geldsorgen wegen der Inflation, die Prüfungen, ihr Zeitmanagement, ihr schlechtes Gewissen, weil sie sich so wenig sozial engagierte und weil seit dem Ende ihrer Schulzeit so viele ihrer alten Freundinnen aus ihrem Leben verschwanden, weil sie alle an verschiedenen Unis studierten oder eine Ausbildung machten, was dazu geführt hatte, dass sie sich quasi gar nicht mehr sahen und immer seltener schrieben und das schmerzte sie sehr.

Als sie den Sack aufs Floss stellte, sackte es tatsächlich erst einmal ab. Doch direkt kam eine Welle und hob es wieder hoch. Der Schrei eines Vogels zerriss die Stille des blauen

Himmels. Als sie ihren Kopf hob, erblickte sie die strahlende Sonne. Dann gab sie dem Floss einen Stoß und es trieb aufs offene Meer hinaus.

Lange sah sie dem Floss nach, denn er gab ihnen viel Zeit, still weiter zu meditieren. Immer weiter entfernte es sich und es wurde kleiner und kleiner, während es sich dem Horizont näherte. Das Erstaunlichste war, dass sich in ihrem Inneren etwas löste. Das Gefühl war faszinierend. Dort wo vorher Druck gewesen war, war jetzt einfach nur Freiheit und diese fühlte sich gut an. Es gab keinen Zweifel, die Sorgen, die sie in sich getragen hatten, waren aufgelöst. Still lächelte sie genau wie die Statue eines Buddha.

Über den Autor:

Niemand
suchte das Nichts
und fand niemals.

© 2023 Mathias Bellmann
Herstellung und Verlag:
BoD – Books on Demand, Norderstedt
ISBN: 9783758319846